YANGJIANG
阳江文学

默默坚持
拂晓前的奔跑

黄世端　著

经济日报出版社

图书在版编目（CIP）数据

默默坚持拂晓前的奔跑／黄世端著. -- 北京：经
济日报出版社，2023.2
ISBN 978-7-5196-1285-6

Ⅰ. ①默… Ⅱ. ①黄… Ⅲ. ①散文集-中国-当代
Ⅳ. ①I267

中国版本图书馆 CIP 数据核字（2023）第 029229 号

默默坚持拂晓前的奔跑

作　　者	黄世端
责任编辑	王　含
责任校对	蒋　佳
出版发行	经济日报出版社
地　　址	北京市西城区白纸坊东街 2 号（邮政编码：100054）
电　　话	010-63567684（总编室）
	010-63584556　63567691（财经编辑部）
	010-63567687（企业与企业家史编辑部）
	010-63567683（经济与管理学术编辑部）
	010-63538621　63567692（发行部）
网　　址	www.edpbook.com.cn
E－mail	edpbook@126.com
经　　销	全国新华书店
印　　刷	成都兴怡包装装潢有限公司
开　　本	710mm×1000mm　1/16
印　　张	13
字　　数	220 千字
版　　次	2023 年 2 月第 1 版
印　　次	2023 年 2 月第 1 次印刷
书　　号	ISBN 978-7-5196-1285-6
定　　价	68.00 元

自　序

　　几年前，我发表过一篇散文叫《默默坚持拂晓前的奔跑》，想起那段遥远的拂晓前奔跑的往事，常常让我感动，它隐喻着我对写作的初心和对文学炽热的追慕。一路走来，我仍然坚持在文字里飞翔。诚如文友陈明选微博评论我那样："理性地工作，又诗意地生活，无论顺境逆境，认真地体验生命旅途上的所有风光美景。"

　　喜欢这篇充满激励力量的文章，就拿它的标题作了本散文集的书名。书中篇什，字里行间，浸淫着乡土的原味，幽发出陌上的气息。我热爱它们，犹如热爱自己的乡陌。我的乡陌版图，狭义上是广东省阳春市春南峨凰嶂下一个叫罗城的乡村，广义上可延伸到后来工作生活所在的市区及周遭的漠阳江大地，直至我走过广阔的周边县市及更远的他乡。

　　乡陌里，生存着我的亲人、戚友、乡贤、同窗、陌客，也有乡土风物、风俗、日常碎杂，它们皆有生命，深深扎根于泥土之中，我和它们之间存在过某种方式的交集，发生过偶然或必然的联系。村陌会一直保留着我生活过的痕迹，小到对春花、夏果、秋风、冬寒的一回感触，跟母亲去菜地的一次拾菜，冬夜围着火堆的一次促膝长谈，遭受过父亲的一顿打骂，夏夜门前乘凉看过的流星，听奶奶讲过屡遭抛弃的往事；大到事关个人前途命运的读书考学，家族中的前辈离世，乡亲生离死别，无一不存记在乡陌的角落，无言而有情。

这么多年来，我游走在乡陌之中，痛哭过祖辈、父辈的长夜，嗟叹过阴差阳错的际遇，看过众生万象，神交过乡土流芳的先贤，遇见过渺小如尘的凡人烛光，躬耕过乡土的田亩，目染过乡俗乡情，阅览过他乡的风景，这一切都萦绕于梦，挥之不去，恳求我将它们慢慢写出来，以文字的方式。无知者无畏，我以笨拙的笔法作出了懵懂的回应。

本土作家蔡少尤老师屡屡与我谈起，为什么而写作，写作是个人内心喧发的主观能动，它的本质首先是解放自己的灵魂，创作的过程使人内心安宁，别人阅读，或多或少受到一种影响，达成某种安抚的契约。我深以为然。长久以来，我持这点烛光在暗中前行，直至 2016 年，沿途得到了许多文学前辈的指引和鼓舞，以及众多的领导、编辑老师、文友的勉励，他们是我的贵人，依赖他们的点拨、助推，我从文学小道暗中独行，走到了拂晓天光，与他们在大道上结伴而行。我由衷地感激和敬重他们。

听凭兴趣，我陆续写出乡陌中的人和事、风和俗、亮和光、怜和叹、赞与弹，发到报刊去发表，如释重负一般。回首初始的文字，尽显粗糙、幼稚、青涩，却不乏温度、热度和质朴的脉动，大多是散文，也有寥寥的诗行、屈指可数的小说，发表在《阳江日报》《阳春报》《阳江文艺》，零星可见《人民日报》，省作协《作品》《广东文坛》《广东地税》、广东作家网等刊物和网络平台上，统共有六七十篇。

2013 年，我加入了微信生活，之后几乎天天打卡，在手机上敲出千字文，或一段说说，或几行诗句，信手拈来，或倚马可待，或朝花夕拾，或细琢慢磨，皆饱含鲜亮的生活气息，在广博的朋友圈网络平台发出，立马得到朋友们的回响。当读和写成为一种习惯，就保持了对世界的熟络，保持了对生活的新鲜感，保持了对文字的驾轻就熟。我喜欢这种随行随记的状态，我乐此图文同框的场景说说，我依赖这种合适的文字喧发。匡算一下，8 年的朋友圈，我发了数千篇（段）数十万字的朋友圈文体，其中不乏自己喜欢的长谈短说，这是一个庞大的体量，几乎是个人的工作生活状态史，我不时重温它们，哪怕细微的事体，也会告诉我，我曾经美好过，也曾经忧伤过。

不知不觉，我的业余写作走过了 16 个年头，在热心朋友的建议下，在师长的真诚鼓励下，我尝试对过往的文字做一个回拢，就像把那些久违的故人、新交的朋友，雅集在一起，这种想法，由来已久。2021 年季春，在阳江市文联副主席、作协主席林迎，市作协副主席、秘书长钟剑文等领导的亲切关怀和悉心帮助下，我有幸参加了 2021 年阳江市作协丛书出版计划。源于惰性，加上生活工作诸事纷扰，很惭愧，直至 7 月末，林迎主席亲自来电催交书稿了，我才仓促动起床板，埋首在以往集结的报纸堆，在新旧电脑的"黑洞"里，在那些沉睡的优盘中，我一一艰难找寻它们。此外，还不厌其烦地，从我 8 年的朋友圈里，一寸一寸地刷屏，把那些可爱的文字君请出来。搜索、归类、编辑、打磨，每一项看起来似乎普通、寻常，然而事非亲历不知难，干起来却是那么烦琐、苦累，何况时间紧迫，不得不连日来夜以继日操刀，颈椎、肩膀、腰椎不胜其负，爆发出锥心、刺骨般的痛，我终于经受住了密集的痛楚和压力，如期在 8 月初提交了书稿。蓦然回首，"衣带渐宽终不悔，为伊消得人憔悴"。

亲友们已然云集我的厅堂，居然有那么多，数以百计，厅堂坐不下，只可请出其中的代表，近 80 位，它们成为我的座上宾。感谢您的赏光，祝会晤愉快。

2021 年 8 月

Contents 目录

陌 上 烟 火

乡 土 流 芳

风 雅 说 谈

远 游 随 记

乡陌长满庄稼

乡陌也长满亲情

年年岁岁，烟火漫卷

谁从阡陌走过

烟火便熏过谁

Chapter 1　陌 上 烟 火

默默坚持拂晓前的奔跑

松园楼怀古

松园楼在哪？在我的家乡阳春八甲，离老家不过二三里路，却很久没有回去过了。深秋，重温本邑编撰的《阳春文物志》，阅读家乡风物的史考，勾起了我怀古思幽情怀，禁不住再次走近家乡的古楼。

船铺是一座普通的村庄，对这座掩映在竹木葱茏中的古楼堡，家乡人并不陌生，因它的位置显眼——坐落于省道113线的路旁，离八甲墟镇也仅是一箭之遥。但光阴流转，无论是世代延绵的本乡人，或是日复一日匆匆过往的过客，大家皆知有船铺楼，还有多少人记得它名曰松园楼呢？又有几人还记得它闪耀一时的历史呢？

说起它，我既熟悉又陌生。幼年时，这座古楼下是我姑妈家，我曾于此断断续续住过些日子，洒下生活的光痕……在这里，我曾掏过楼堡的古砖，刮过古墙脚下可燃烧的硝土，在暴风雨后攀上高高的楼壁，捉那些惊慌跌落的小八哥回家，驯养成会唱歌学舌的鹩哥；还曾和儿时的小伙伴在深幽的楼里捉迷藏……

懵懂幼稚的童年，哪里知道这座名叫船铺楼的古楼始建于何年何月，更不知清代吴川那位叫林召棠的状元曾路过此地留下一段佳话。

深秋，我独自来到这个久违的村庄。临碉楼下，这座青砖古楼怆然耸立，在村中普遍三两层的楼房衬托下，愈显现其历史的沧桑。楼顶杂树丛生，西风萧萧，凄凄然在述说古老的往事。

姑妈早已不在楼下住了，多年不见，年逾古稀，白发鬓鬓，身躯显得矮小干瘪，但亲情未减丝毫。谈起古楼往事，姑妈兴致勃勃，仿佛带我回到童年光景，在她的热心指引下，再访村中古稀老人，问询有关松园楼的历史与传说。一位吴姓老人和我们一起行到楼底下，动情叙述吴姓当年的荣耀史……

老人的话代代相传而来，将信吧。我翻开《吴氏族谱》《阳春文物志》和《阳春县志》，找到了与老人说法一致的史料：吴氏祖公吴刚一，渤海郡人，明成化十七年，即公元1481年，从福建上杭迁徙至阳春八甲船铺定居。吴公临河而建村落，得河埠与古驿道之便，兼营农商，财丁旺盛，繁衍不息。至清乾隆四年，即1740年，吴氏十世孙吴尚澄辟建松园寨，据说建楼用工颇为精细，所用的清砖，每天限制3块，唯求质量。经过精工细琢，建成一座高20米，长、宽各为21米，占地2640平方米的方形碉楼，另有连体附楼，四周突出形成裙廊；楼四面墙壁雕绘花鸟，五彩纷呈，栩栩如生；楼壁炮眼遍设，防匪盗。船铺楼建成之初开旅馆茶铺，广迎水、陆路的过客，施茶粥，广结缘，远近闻名。

更让这座古楼扬名乡土的，皆因它与粤西状元林召棠结下的一段史缘。

清道光三年，即公元1823年，粤西吴川举人林召棠上京赴考，走粤西古道途经阳春境船铺村时，日近黄昏，遂夜宿于此村。时村中有位叫吴昭念的乡贤，为吴氏十二世孙，此人重义轻财，受远近乡亲族人敬重。是夜吴盛情款待了这位吴川举人，两人秉烛酣谈，吟诗赋词，一见如故，相见恨晚。当吴得知林上京盘缠不足时，即慷慨解囊500两白银，林感动不已，与吴结为知交。

话说林召棠惜别船铺吴昭念后继续上京赴考，京城举人云集，才俊星耀，林召棠才压群英，考取进士，并为道光皇帝赏识，钦点为状元，独占鳌头，为一时风流人物。正谓：春风得意马蹄疾，一夜看尽长安花！金榜题名的林状元，没有忘记远在岭南的知交吴昭念，两人一直鸿雁不断。10多年后，林从京城返老家吴川，重返旧地船铺寨，探望恩人吴昭念，致谢吴昔日知遇之恩。两人久别重逢，畅聚别话，吴家大设筵宴，乡贤云集，高朋满座，觥筹交错，宾主酣醉，良辰美景，赏心乐事，一时盛事也。席间林召棠临船铺楼下，顿觉气势恢宏，赞叹不已，当即为主楼和门楼挥毫题写"松园楼"之名。

正可谓是：梧桐栖凤，龙门鲤跃。船铺楼得林召棠的题字后，"松园楼"便名扬一时，远近官员文人骚客慕名而来，观谒者络绎不绝，直到民国时期，战乱乃止。

200多年过去了，古楼因年久失修，变得砖瓦崩塌，四壁残缺，破败不堪，古榕侵墙，树影蔽掩，垂垂老矣！唯林召棠所题"松园楼"三字依稀可辨。

落日余晖熙照，睹楼思古人事，此地不见吴昭念和林召棠，倍感世事之悠幽！不禁问古：是林召棠沾上松园楼贵地之灵气而高中状元，抑或松园楼借林召棠状元之贵气墨宝而地灵呢？

"物华天宝，龙光射牛斗之墟，人杰地灵，徐孺下陈蕃之榻……"想到唐初四杰之首王勃《滕王阁序》里的篇句，人杰与地灵自古密不可分。

2004年12月

西山观瀑

古人云：山不在高，有仙则灵。

现代人，是难遇到神仙了，却乐于认同，山不在高，有泉则灵。一泓活水，从苍翠的山峦深处隐现，那泉鸣，那水声，把寂静的山激活了，整座山会为之动感，活灵活现。

家乡的西山便是这样的山系，她似一道绵延不断的天然屏障，横亘于漠阳大地之西。她拥抱着母亲河漠阳江。家乡素有小桂林之美誉，古诗云："路入阳春境，杳然非世间。"独特的山水，珠联璧合，相得益彰，孕育了富有传奇色彩的漠江流域风光风情。

高小时，从乡土地理中读到过西山、漠阳江，引发了我对乡土大山大江的无限憧憬；中学求学以及大学毕业工作后皆归依在这座江畔秀美的小城。常一人登高眺望西山，似在眼前，触目可及，可多少年来萦绕脑海的西山梦，却因时机未合，一直未能了了。

是年之夏，我终于投进了西山的怀抱。那是一个神清气爽的周末午后，约三五同事知己，怀一样的憧憬，驱车直奔西山，说好是去观瀑的。

车到西山山麓，便沿西山腹地的永宁镇山路爬行。这是一条险峻的路，一路蜿蜒盘旋，峰回路转，柳暗花明。车游走在山间，仿佛时光穿梭，出没在茫茫绿野的时空中。

车驶入静谧的西山腹地，我便陶醉于自然人文和谐的情景中。山路上，三三两两的行人，或学童，或成人，悠然而行，吹着口哨，唱着客家山歌，稚音老声，空谷应和，仿佛要把寂静的群山闹醒！行人手中、肩上，提或挑着各式水瓶、水桶，在路旁随处泪流而出的泉眼中，装满清凉的山泉，一路踏歌下山。这情景撩起我们一行人的游山雅兴，泊车于阔处，笑问孩童：同学们走路上山装泉水累吗？孩子笑答，周末放假，小伙伴相邀上山玩，顺便为家人捎上几瓶水，或泡茶，或煲饭，好爽啊。说罢，呼朋引伴归去。在寂寥的山道，听上乡音的歌声，遇见嬉戏山间的少年和老者，分明是欧阳修《醉翁亭记》里的场景，只可惜这里没有欧阳太守与山民同乐！

在松涛、泉鸣的二重奏声中，约 20 分钟的旅程，车把我们带到西山路上一块宽阔的坪地，西山有名的沙牛塘瀑布就在这里了。

沙牛塘其实是西山腹地一块坪地，像一把大椅子，向上仰靠西山之巅，向下俯瞰深幽峡谷。车一停稳，同伴便迫不及待地跳下车来，猛然被雄浑的水声震撼，但见升腾的水汽弥漫，凉爽沁入肺腑，我早已拥抱那泓心仪已久的瀑布了。

我们跳过路边的一座小水坝，沿着峭壁上的栈道，小心翼翼地攀抓丛生的杂树，屏神静气地弯腰行走，约 10 分钟，终于到达瀑布下的一块巨石平台上。那一刻，我们屏气凝神，醉倒在这偌大的瀑流下，好一会儿，才被习习凉气唤醒。

平台观瀑，分明可见一泓层次明朗的三层叠泉，最壮观的要数最近平台上的那一层了，像是一条素洁的玉带，从几十米高的山崖断然摔下，那气势，那声响，令人振奋，令人惊叹！我将脸轻轻贴近飞瀑，尽情体验，尽情呼吸，尽情洗涤平日伏案的疲惫，洗涤趋附于身的喧嚣与浮躁。许久才缓过神来，再俯视台下，但见足下生成的两叠泉，成阶级状，宛若仙女伸展娇姿，伴奏着直率动感的鸣泉。我真切领悟到"山不在高，有泉则灵"之美妙境地。

平台之下，第三叠泉，要归于何处？带着疑问，我探险从平台之侧岩的裂隙攀附而下，踏过茂密的杂木丛，涉足叠泉落下的山涧，又见另一番不寻常景象：山谷上葱郁的阔叶林及盘缠的蔓藤，将整个山谷覆盖，阳光从叶子空隙漏下，在山涧投下斑驳光影，瀑布从高处跌下，汇成溪流，从神秘的涧中悄然消失。人站在巨石平台上，唯闻涧流声，不见水流踪。我想，这正是沙牛塘瀑布的奇特之处。

同伴和我，乐在瀑布及绿海之中！他们或摄影，或探险，或茗香……志趣不一，却并不妨碍彼此在一起观瀑呀！他们或随意地坐卧于石台，或阅书，或摆棋，或静思，或摆茶具，在清澈的潭水畔架起石头小灶，枯枝煮泉，玉壶淡茶，啜于唇齿，对瀑流饮，听松涛咽，聊家国历史，察山水风物，融入大自然万籁千声，悠然度日，视竹林七贤为伴。

茶话间，我悄然离群，经原路石壁而上，欲探瀑布之源。至水坝，见一条清澈的溪流，弯环流过沙牛塘这一块大坪地，夹溪是翠绿植被。溪流源何？卷起裤脚，溯源求索。沿溪流溯过一程又一程，至一座高峰下，源源不绝，远未可及。

高声诵读贾岛的诗句：只在此山中，云深不知处。猛醒，我非溯源，是来观瀑。顺溪回，重归沙牛塘，见一樵夫坐路旁石上歇脚，趋前恭问，瀑布源头在哪？老人遥指远山，源于山外之山的"王母点兵"山，好一座高耸入云的大山！那溪水从源头一路低流，当地人守护着源流，守护着夹流植被，沙牛塘壮观之瀑和漠阳江之西翠屏西山得以呈现。老人一席言，让我感遇西山山水，感恩西山人家。

夕照西山，暮色苍茫。依恋山林者终归俗世，说难舍太俗，飞瀑流泉，洁净吾心，真切相随。

2004 年 8 月

五楞头随想

在漠阳流域中上流，说起五楞树，年轻人或少见闻，中老年人并不陌生。那是一种树干高大、果五楞状的树木。你或许想象是杨桃树吧，但我的概念不是，种科相同，树干大小、品味道迥别。

提到五楞头，在我生长的春南乡村，年辈稍大的一代人，应耳闻。从爷爷奶奶的口口相传中，得知这里是父辈的血堂地，长着一棵三人合抱的老五楞树，高高仁立在老家的屋背坡上，传为曾祖父所栽。

老家是一座客家围屋，上下两座两皮横屋一天井式格局，时称"两座屋"，门前有罗城河流过，河坡立着一座文昌阁，屋后倚一座枕头形横卧的山岗。我出世后，爷爷及其兄弟携子孙 40 余人一直住这屋里，直至我参加工作。我常听见往来的路人评点着祖屋，毕竟父辈 6 兄弟中有 5 个出来工作的缘故吧，那时确实荣耀。在星河灿烂、萤火闪闪的夏晚，在屋人围坐的地坪，长辈屡屡聊起先祖从外地筚路蓝缕来五楞头开基的往事：彼时荆棘密布，人稀兽凶，势单力薄的祖父种下这棵五楞树，寓日后开枝分楞，福荫子孙。我脑际常想象先祖的苍茫及艰辛。我未曾见过五楞头祖居的模样，但"血堂地"一词神圣且令人敬畏的。春分清明，念祖追远的情愫迅猛发酵，驱使我动笔写下这篇文字，不问深浅。

风和日丽，万品生机，清明这天，回到老家，独自徘徊五楞头下，周遭疯长着簕竹杂树，五楞树在哪？父亲与我谈及，大约于我外出读书工作的数年间，五楞树在天时人事日相催的岁月中枯萎，终为干柴。放眼陌景熟地，喟然长叹，心绪芜杂。念及往时往事故人，冥冥中又使我神思清晰，那棵大树浮现眼前，往事、趣事，一幕幕，如万花筒般变幻。

春末夏初，上小学的我和小伙伴，跟随"孩子头"奕哥麾下，常逃课到五楞树下玩耍。正是花开季节，满树降红的五楞花在细圆叶子的掩映下，随暖风轻拂忽起忽伏，宛如撒落于草丛中的千万点炭火忽明忽暗。树荫下，飘落的嫩红色碎花铺满一地，蜜蜂围绕着花树嗡嗡起舞。此刻，大人正在田地里忙着种瓜点豆，放纵了我们懒散的行踪——逃学——蹉跎光阴，我为此懊恼不已，疯想上学又不敢脱离"队伍"——惧怕孩子头的"拳"威。

孟夏时节，蝉鸣果肥。垂挂着满树青黄果子的五楞树啊，你在午后阳光的透射下是多么迷人！五楞头，你又是一处不可替代的喧闹场！系着长短绳索的水牛被主家拴在树根，静定定地卧或站着反刍，我小心翼翼地拿着树枝拍打叮在牛身上的吸血大蝇；老人集聚树下，聊着有用没用的话题；伙伴们四处遁去，各施各法，用胶水捕鸣蝉，上树掏鸟，而摘五楞者居多，年幼的在树下徘徊，巴望拾到树上掉落的熟果，胆子大的猴子般蹿上高枝，敏捷地在树上漫步，用锐利的目光搜寻树叶间成熟的大只果子。在摇摇欲坠的高树巅眺望低处，惊心动魄，感觉极美妙。而敢登树顶的同伴极少，我们只会投去惊羡的目光，并乐于坐享其成。

酸是五楞的味蕾特征，即使熟透，亦甜亦酸。对于五楞的吃法，那时已层出不穷。普遍生吃，你吃不上一两个，缺油的肚子会咕噜叫闹，牙齿酸软，却让你食欲大振。我们变着法子，用盐蘸着吃，有白糖最好不过，可那时哪有钱买。又尝试煲熟果子，用盐水浸泡，入口软绵。等生活好一点时，煲熟浸糖或糖精是舌尖上的美味。当然，通常还会把它切成薄薄的五角星片，洒些盐或白糖，在炽烈的阳光下放在瓦面或草坡上晾晒，晒成五楞干，装进防潮的瓶子或瓦罐里，可长年累月当小菜或小食吃，那股酸甜的味儿，听着你也会齿舌生津。

让我思忆不已的，是和同学分享果子的乐趣。读初中时下课回家，午间总会攀上五楞树拾一衣兜果，分给班里墟镇的同学吃，他们甚为珍视，通常会带回家分给家人品尝，那样更让我快乐。尤记同窗的吴，家境颇好，央求我以他的《新华字典》换我的五楞，我求之不得。那本字典后来随我入读高中，助我学好语文帮助不小，如今仍珍藏着，那些无法忘失的同窗情啊！

年轻时跟风读过汪国真的诗《一个心愿》：树/得只剩下/风烛残年，却依然挺着/岁月深刻的躯干要老/就老成一棵树吧/一个年轻人/在心中许下了/一个不老的心愿。当年读诗写诗，是一种空泛的盲从，不谙世事，装腔作势。20 余年后，坐视现实，回首往事，那踌躇满志，早成过眼烟云，唯家乡风物，沉淀记忆，随生命长存。

假如生活没有素材，就不会有感思。感恩五楞头和五楞树，感恩清明节，感恩先辈，缘于它（他）们存在或存在过，才使感思寄居，血脉传承，民族不老。

2014 年 4 月

罗水故地乃祖居

人到中年，乡愁日增，每每回到家乡，总会与乡亲聊聊祖先族谱诸事，到祖屋行走，踏着天井周遭长满青苔的砖痕，一瞥浅藏隙间的淡红炮纸屑，一切饱含因缘，催我思索过往，溯本寻源。

家乡在县境最南端，去县城近 60 公里，在过去车马不便的年代，无论如何都是一个僻荒之境。然而，家乡却享有大名：罗城。家乡东南，横亘着一列巍然灵动的鹅凰嶂山脉，把家乡与阳西、电白县境隔断，自古便望不到山那边神秘的海。

恰学龄，到大队部的旧祠堂读书，留下难忘的童年光影，不时浮现眼前，恢宏的祠堂建筑群，一座接连一座，纵横贯串，重檐镂耳，蔚为大观，显现族群的气派；门前阔绰的坪地，矗立着三棵高大的凤凰树，枝繁叶绿，花开若霞映天，秋末则垂挂长荚。坪前静卧一口半月形大水塘，塘边长着一排弯曲粗矮的老树，绽放黄色艳花的枝丫伸向塘中央，那是如猴孩儿攀爬玩耍的好去处。祠堂内，别有洞天，宽宏的门口，端坐着两尊大门墩；雄浑的厅堂内，雕梁画栋，有人物故事，有飞禽走兽，栩栩如生；天井与厅堂一体，回廊四周相接，天井里的黄皮，总没有长熟的那一天……堂前课后，小伙伴总爱在祠堂的角落捉迷藏，在回廊里追逐，夏天在凤凰树底捡青花蕾，剥开吸食甘甜的花蕊，或拿蕊勾与同学之蕊勾角逐；还会趁人不留意偷摘三五粒生涩的黄皮，秋天石击凤凰荚，冬天伙伴挤拥门墩暖身……隔壁是诱人的大队商店，小学生的口袋没有一分钱，却总是溜进去对着货柜的食品发呆……

光阴流水三年过，四年级起，小学搬到隔一条田垌隆起的一座山坡，而大队部、民兵营、广播站、商店依旧留在旧祠堂，却渐渐地少去了。祠堂少了书声，少了小天使，人气日落。20 世纪 90 年代，大队部搬到了墟镇，旧祠堂的喧闹一去不复存，经风沐雨，白墙黄瓦镬头耳在悄无声息的岁月中老去。

之后离乡远读，不时萦牵旧祠堂，却难回去。

出社会参加工作，读县志时偶知，曾经历历的旧祠堂正是千年前隋唐的罗水县旧址所在，颇感惊奇！下这结论的，是本县有"文史公"之称的钟万全老师，当年他艰苦论证考察过罗水县城寥寥史料及地形风物，得出这个大胆而心细的论述，载于县志，文字资料仅短短一段。乡土风物，谜一般吸引我。若干年前，邀集增、彬、强一众乡贤游子，数次回到昔日读过书的旧祠堂，察看地形风貌。凤凰树早已杳如黄鹤，祠堂一片废墟，人迹稀罕，唯见堂后倚靠的山岗、左右坡峰、前面的风水塘、一马平川的田野及那条流淌千秋的罗水依稀……世易时移，堂前嘘唏，千年的罗水县城安在？旧县的人事风物早已湮灭在历史的烽烟，无史可考；崇敬的钟老师也已驾鹤仙去，无师可问……我不会穿越，徒余喟叹。

那年春，接到乡贤的信，说修葺二世祠堂诸事，谋求宗亲后裔群力重修。我问二世祠堂在哪，乡贤说就是你们小时读书的旧祠堂啊，那一座座纵横相连的祠堂群。我一听竟愕然：旧祠堂如此亲近又如此之远，竟是我的血脉渊源所在！人到中年，虚怀念祖之情，竟懵然不识祖居，倍感羞愧！

数年前，后世鼎力，二世祖居修复，规模依旧，气象更新。

惶恐中，重回旧祠堂我的祖居地——养正堂。"衣冠盛地，孝友宗风"，大门框对联分外瞩目。拾级而上，步入大门，穿过三间三进二天井的厅堂，径到祖先的牌位堂前虔诚点香，默默祭念，遥想祖先来时路，该是怎样的艰险崎岖、筚路蓝缕！罗城本支，开基散叶，繁衍后裔，生生不息，后人应感有幸，应存感恩。嗟乎！时下多少人为了生活而疲于奔命，忘了祖先；多少人只图一己之利、之私，何存饮水思源之念？仰观俯察，雕梁、地砖古朴如初，风物依旧；养正堂下，与四邻八乡赶来的宗亲围坐，聆听先祖故事，感思往昔，血脉同源，化作热泪；挤坐门墩上，与相识不相识的族人共阅族谱，查看世代源流；那厢，晚辈后生，生疏地读着世代相传的黄氏八句祖诗："骏马匆匆出异方，任从随地立纲常；年深外境犹吾境，日久他乡即故乡。朝夕莫忘亲命训，晨昏须荐祖宗香；唯愿苍天长庇佑，三七男儿总炽昌。"乡亲族群，家国情怀，如老酒醇香，飘逸在故居的天空。

小学堂、旧祠堂、祖居、大队部、旧罗水县城，这一串串熟络的名字，竟有充满契约般内涵的交集，让我百感交集，故居有幸傍古县，福地亦当福人居。远去千年的罗水县城只是钟老师的一个结论，县志仅留下一鳞半爪的史料，迁徙数千里之遥的先祖是如何择居于此也无谱可查，而这一切似乎皆由数定，茫茫古今，人苦力折腾，而结果不可预知，仍须尽人事知天命。

祠前伫立，慎终追远，谨作一诗，当以咏怀：

路逢人口识旧祠，

罗水故址吾祖居。

水木本源深有感，

古人殊世路多歧。

2016 年 10 月

田园将芜，胡不归

推开窗户，坡顶赫然呈现，视野辽阔，绿波荡漾，像天地间恢宏的宽银幕，直播着乡土的生态风光，甭管你归不归，看不看。

一年四季，我总会回到乡间，瞭望大地，去向门前的坡顶行走。春回大地，未种上庄稼的坡顶，粗犷裸露，如饱经风霜的老农的古铜色肌肤，阳刚而纯朴。

一个乍暖还寒的春日，父亲引领我，一前一后，从田基走地梗通向坡顶，有一搭没一搭地聊着，往事断断续续。父亲手执一根竹鞭，东一挥，西一指，在连绵的坡上，指认属于我爱的土块。方圆数里的坡顶，一马平川，隔一片窄窄的旱田，与村庄对望，因之土质肥沃，丁方四正，便利耕作，收成丰盈，备受祖辈青睐。

在坡顶走着，父子俩如影随形，俯首拾往事，不时弯下腰，拾起一段，又抛下一段，有趣而难忘。

从记事时始，奶奶跟我讲栽种番薯、地豆、瓜菜的趣事，说坡上坡狗（野狗）、坡蛇、飞鸟的见闻；说爷爷从不事稼穑，依赖织一手好笠过日子的辛酸。稍长大，便耳闻目染、尾随接触栽种诸事，从那时起，坡地的角落便生长着我初始的记忆。

今年"五一"，我又回到故乡，时值春夏之交，几分暖热，几分凉意，几阵骄阳，几场豪雨，天气深情贴近自然，好精彩，也好无奈，节气精准预告着农时农事，春播夏长，秋收冬藏，该做啥做啥，半点不由人，夏历如天上北斗，引导人们认识、顺应、利用自然，惜取农时，生生不息。

地豆苗葳蕤疯长，玉米长出青紫色的少年老成的胡子，稀疏地飘向一边，苞谷浑圆丰满，惹人浮想联翩；坡坎边的一扇蕉叶撩拨春风，哗啦哗啦在旷野回响。大地披上一身清爽的绿衣裳，严实地包裹着坡地的每一寸肌肤。

我仔细打量着一棵熟悉而陌生的地豆苗，它叶片细碎、匀称、完整而精致，蓬勃发散开来，一株一株豆苗紧密相连，地毯一般铺向远处，漫无边际。

浓重的绿波耀眼，几乎灼伤我。天空灰暗，步履沉重，在绿海泛舟，仿佛逆水而行，我奋力划桨。

春风绵而有力，欲荷锄除草，却见不到一棵草（除草剂的功效），抬头望见远山雾重，近树肃立，村楼簇拥。风调雨顺，这景色年年照旧，却隐隐感到缺了某个元素，坡顶变得单调、寂寞起来。

年年岁岁，庄稼一茬一茬生长，黄豆、绿豆、红豇豆盛夏次第成熟收获，它们只不过是一段段小插曲，这时节的主旋律，非地豆莫属。推后一些时日，盛大的地豆进行曲四处演绎，晨昏白昼，那时你会看到多一些劳作的身影，却几乎是清一色的妇女、老人，他们弯腰拔花生，摆成一堆堆，半自动的机械轻快脱粒，装入一袋袋，担回各家各户的水泥地坪，铺开晾晒。

听乡亲们说，如今榨三五百斤花生油的人家大有人在，物阜民丰，收入也涨鼓了。回想小时候，酷热煎熬的夏天，坡顶一顶顶草棚，"人"字撑开，像半坡氏族的民居，人坐或蹲于其荫下，用铁耙子一耙子一耙子地挖掘，一粒一粒带着泥土芬芳的地豆，被抛入竹箕，费时费力，汗湿了，汗干了，收成顶多是三五十斤油，难怪有"春雨贵如油"的说法。

地豆收过后，暑气未消顿，人也未消停，坡地又迫切地被耕耘，犁地、钯地，翻成一垄垄，铲开垄半边，一把一把撒下猪鸡人粪混合的土杂肥，一根一根的薯苗摆好或插上陇，疏密有间，培上土。至此，赶节气抢种番薯的旅程才告一段落，随即又开启半年长的生长料理期，直至尾冬番薯开挖。刀耕火种的农活，从酷暑到严寒，得洒下多少汗水，付出多少辛劳，除了躬耕者的劳苦体验外，大地是最好的见证者，它默默报之耕耘者以收成及开怀一笑。

身为曾经的耕耘者，我深知，坡顶的土地表层，浸透着我青少年时的汗水！辽阔的大地，充满着我多少情愫，或喜或悲，或卑微或崇高。我感恩这一切，却又不堪回首。

"锄禾日当午，汗滴禾下土。""春种一粒粟，秋收万颗子。"如果你不曾事稼穑，这些诗只在浮云之上，虚无缥缈。假若你躬耕陇亩，亲近大地，这些诗便接了地气，会和你趣然交谈，会予你以慰藉和力量。

坡顶豆地凛然，不见飞鸟，不见坡狗，不见前人，不见后生。如果说作物的生长是地表暗处里的一线光芒，那么，没看见后生的身影，没有鲜活的脚印，在我眼里，坡顶只是一片荒芜，光芒暗淡。

我听见美丽新农村建设的号角响起，嘹亮而激越，我脚步轻快而沉重，在乡间走啊走，恍惚穿越，遇见陶县令高声呐喊："归去来兮，田园将芜，胡不归？"

2019 年 1 月

你好，家乡的"都江堰"

传说中的清湖陂，存在于家乡的角落里。那是我心目中的秘境，遥远、虚妄、盛大、凛然。在我初始的意识里，清湖陂便是水利的代名词，是家乡的"都江堰"，一以贯之。

从前远，从前慢。没有机车的年代，山河迢迢，仅靠双脚、单车、马力，一日能行几远！人类进化到 GPS 和北斗导航的时代，清湖陂近在咫尺，一键百度地图，便可测老家离清湖陂仅区区 3.1 公里。

可偏偏，清湖陂一直在梦里，在传说中。有那么几回，我开着小轿车，顺道路过，驶过清湖河那座小矮桥，左转望见那道陡仄的坡坎时，闻说去往清湖陂的土路凹凸坑洼交织，车会打滑或触碰底盘之类的话，便屡屡望而畏缩，打道回府。梦延续，传说依旧在江湖。

大年初四，一早返家乡，东风怡人，玉宇澄清。各家各户迎送仙师年俗礼毕，时不过中午。忽然念想久久未见的清湖陂，当众一说，叔爽朗回应，陪我去一趟。我也得知，叔别具清湖情怀，毕竟有过 11 年清湖小学校长的履历，熟悉地情。叔侄俩素来性相近，话亦投机，乐意同行。

一路谈笑风生，走过那座路过无数次的清湖河小矮桥（现新建为高桥），左转终于爬上那道让我多少回畏缩不前的坎，如履薄冰。进入有些荒芜的村中土路，尚在平整之中，听路边的老村民说，节前大型机械已整理路面，节后将筑水泥路了，眼下路好走多了，铺好会更好走，感谢党和国家。一番话，击中我心最柔处。从行路难到见坦途，有对比才会有感慨。

幼小便熟知的小马过河故事，那是寓言化的实践论。走过前路，方知比想象中的难要易，比传说中的崎岖要坦途。想起莫泊桑的那句名言："生活不可能像你想象得那么好，但也不会像你想象得那么糟。我觉得人的脆弱和坚强都超乎自己想象。"轻车"啧啧"碾过，黄土漫卷，风尘把车裹挟，我紧握方向，目标坚定，转弯抹角几回，叔猛然喊停车，到了！我竟有些莫名的兴奋。

车停驻在靠山的高旷的路右侧。叔侄俩横过土路向路的左侧走去。在那里，一前一后猫身钻过荒草蔓藤隐掩的荒径，小心翼翼摸到一方粗犷的山嘴悬崖之上，俯瞰眼底：低处，一条不起波浪的小河，被一道拦河坝横截，一个大的蓄水池，木讷地坐落于迷惘的春色里，等候着我们，凝视着我们。

我茫然若失，惊呼，难道真是这里吗？眼前一座低矮、简陋、粗糙、荒芜、颇具年代感的不高大上的水利设施，真是神往久矣的家乡"都江堰"吗？呆滞的空气里，仿佛网聊已久却未曾谋面的一双网友，约见确认过眼神不对路，便各自逃逸。虚妄、意外、惊诧，击打了一记我的脸。

叔似乎一点也不惊讶，他异常淡定地说，是啊，就在这里，清湖陂，怎么会错呢？他陷入沉思，恍惚自语，忆述他遥远的初中时代，在学校的号召下到现场参加劳动，担沙、担石子，那是 20 世纪五六十年代的往事，没有现代化工具，没有高额的工钱，靠只靠艰苦奋斗的精神、崇高的革命情怀，大干苦干，热火朝天，干事创业！我曾无数次听长辈说起，那年代的一座座水库，无一不是劳动人员肩挑手提出来的。

"看似寻常最奇崛，成如容易却艰辛。"叔的忆叙，让我蓦然想到县（市）境的仙家洞水库、西山陂、北河水库等大水利，乃至遥远的河南的红旗渠，山西的大寨，天府之国的都江堰，一项项名震川岳的工程，像一座座丰碑，屹立在历史的长空之中，清晰可见，力量澎湃。

陡然感觉，自己竟多么肤浅、虚拟、羞愧。何以至此呢？一个时代有一个时代的风物，一个时代有一个时代的主旋律，土改、兴建水利、上山下乡、联产承包责任制、村村通……直至当下的美丽乡村建设，一系列的历史创举或活动，无一不具鲜明的时代特征，无一不彰显时代精神。我思索万千，肃然起敬，致敬伟大的时代，致敬家乡的"都江堰"，致敬勤勉智慧的家乡人民！

数十载才来一趟，不易。我试图现场勘究这座水利设施的物理功用。于是拨开草丛，谨慎涉足陂上的角落，仰望俯察平视之。多视角下，堤坝两侧塘鳢头角状的山嘴设置闸口，南北山嘴外侧分别修建南渠和北渠，类于都江堰的宝瓶口，依山岭蜿蜒盘桓，流向八甲镇西南广袤的村野。坝陂之下，河谷深陡，河中隆起的沙石草滩头，使水流从两侧低处分开，类于都江堰的人字堤。纵横观察，在当时哪怕现在，依然可发挥灌溉与防灾并具的功能，这是一座多么强悍的水利工程啊！

叔站立高处，两手叉腰，侧面轮廓坚毅，仿佛清湖陂史的代言人，他的一番解说，使我颇有代入感。南北两渠游龙一般绵延，灌溉流域各大管区的田野，春秋两造，附近村子的农民谁人不用清湖陂水耕作啊，各种用水场景，繁忙而真实，特具仪式感。青年时期，在家乡我曾沿南渠漫行，走遍沿途山岭村野。

问渠哪得清如许？万千田亩因清湖陂润泽成了沃野，百十村庄因水利益荫而富庶，这简直就是一场水利的奇遇啊。

小时候，听父辈说往事，晚上结伴到清湖陂周遭看电影，战战兢兢走过逼仄壁峭的河坝、渠道，有小伙伴心慌脚软险险跌落湍急的水渠，命悬一线，骇人听闻。听来如临其境，想象中那是如何的险境！

险要是固然的。我站在上游清湖村的河坡上，遥望清湖陂口，两石嘴对峙，如巨钳，又如关隘，形势险峻。

暮色苍茫时，村野空自寂。不闻鸡狗叫，年味黯然去。荒烟蔓草，淹没了南北渠闸口。一波春水，曾掀起几多波澜！此刻，静水无波，如雄狮迟暮，寂寞地躺在春天里，威武不再。

　　时间累积成年代，人事蜕变为沧桑。站在新时代的一年之头，回首曾经的伟大事物，除了缅怀，更多的还是感恩、敬仰、扬弃、传承。它们该是人类前行的精神动力。

2020 年 8 月

逐绿小城记

居小城30年，先见荒芜，再见绿洲。我见证了一座城生态文明进化的旅程。

小城美其名曰春城，温婉如诗。外出求学、旅行、接亲访友，我总会卖力地推介家乡小城，让与我陌生的亲们不由自主联想起祖国边陲那座繁花锦簇、四季如春的城市，心驰神往。

我择居城北。城北的家，是2007年蝉鸣时始建的。那时我上班老忙，基建工地上杂七杂八的事，只得托付老父亲主理，行事慢三拍的父亲，似蜗牛一般，慢条斯理，捡拾琐事，日常略显懒散而不违和。

那时的每一天，下班后我会照例到工地打卡，总能看到老父亲弯腰弓背洗洗刷刷，手抓三五片枇杷叶，轻盈捣鼓几下，铁锅盆碗便洁净如新了。我顿觉好奇，便留意了，那是父亲到对面人家一棵小枇杷树摘的叶，小树不及我裤腿高，阔叶一丛一丛的，我父亲惜着摘，以维持小树的可持续发展。2008年冬，新居进宅了，眼见着小枇杷树抽绿拔高，彼此见证成长的旅程。三年后，长到二楼高了，亭亭如盖，在这条树木稀罕的街，绝对是一个奇迹的存在。

三月枇杷黄，一树青枝翠，镶嵌了一颗颗黄宝石，引人垂涎。那时，主人会殷勤地呼朋唤邻，架起长梯上树下果；那时，街头最是一片欢腾雀跃，持续一月半旬之久的品枇杷会，年年照例上演。三四月间，那是我们的睦邻最好的时光。

清晨，树梢间三五只名唤东髻娘的或激越或婉转的一阵阵歌唱声，通常让它们呼醒，或者醒后听到这样悦耳的鸟鸣曲，一声长一声短，一会儿急一会儿缓，惊惊乍乍，像鸟鸣深涧一样清脆空谷。

秋去冬临，日暮时，不知何处飞来一群雀鸟，叽叽喳喳乱哄哄的团簇在这棵枇杷树上，让大树颤颤巍巍的。过了晚饭时分，天杀黑时，便齐刷刷的静定定的，仿佛私下定了规矩，毫不逾越。

除了这株枇杷树，街上还有一棵树，与我相邻近的玉兰树。我居城北前，人家已是一棵大树了。这两棵树，唯独的两棵树，宣示着整条街绿色的存在。我通常在四季的晨昏，伫立于玉兰树或枇杷树底下，深一口浅一口呼吸。炎炎烈夏，一大片荫下，无论街坊、路人或汽车，皆避暑于荫下。这条荒芜的小街，倔强地生长着的树，街坊甚为珍惜，视如比邻，打算长久相亲相伴下去。

三年前的一天，我突然听到家的窗外传来一声裹挟着风雷的轰鸣。我慌忙跑出去看，只见邻居那棵四层楼高的白玉兰在轰然倒下，丛丛簇簇的路人、邻居在观望，或打探因由，上了年岁的女树主闪烁其词，一会儿说树大招风，一会儿说惹虫害，还说落叶多难打扫，而我似乎勘察到更为隐晦的利害的莫须有，门前大树与人宅的命运问题。

闷滞的空气中，伐树的电锯声不绝于耳，白玉兰树浑身颤抖，极不情愿倒下似的，那情景令人难受。空气中弥漫着挽留的气息，树一秒一秒在倾斜，我不忍看下去，目瞪口呆。未回过神，那些人拿起电锯，几分钟之内，就让一棵生长了30年的参天大树化为乌有。这棵大树终究倒下了，大街一片空旷，一片沉寂，似乎生活缺少了些什么。

那时，我暗暗安慰自己，纵然失去了玉兰树，那一棵枇杷树还在呢，夏日的绿荫还在，三月下枇杷的场景还会延续，早晨悦耳生趣的群鸟演唱会还在。这棵孤独无援的枇杷树，是全街绿色的唯一代表了，众邻愈加爱惜，人行经过、小车经过格外小心，生怕触碰到它的影子。在万千宠爱中，枇杷树努力向高处长，向宽处长。

两年前的那个秋天，我下班回来时，惊愕地发现那棵10岁的枇杷树竟然无影无踪了，变了魔术一样。只见一个微高于地面的树墩，年轮清晰，10个圈，齐齐整整。它是如何消失的？我虽没有目睹到大树倒下的凄惨的一幕，却也感到一棵绿色植物无声无息消失的痛彻，仿佛一位不辞而别的故人，永恒消逝于人世的江湖。命运与白玉兰树别无二致。

至此，整条街一树不存了，光秃秃的，只剩下混浊的空气，仿佛城中的荒漠地带。这小街的命运也在悄悄变坏，川流不息的汽车的尾气，连邻居态度也变得生硬了，说话充斥着暴躁，人情冷漠了，自然人居失调了。数次风暴的侵袭，整条街无遮无挡，首当其冲的依然是倒了大树的两户人家，其位居街头，洪荒猛击，街基坍塌。两树主也遭罹离奇的命数，人与自然相生相克，可见一斑。

后来，一些老街坊告诉了我这街之前的绿化史。这是20世纪90年代初一家国企开发的BT花园，公司原先在路的两旁植树，可个别住户封建思想作怪，说门前栽树不吉利，以街下是水溪植树会破坏宅基为由，与房地产公司对峙。这街经历了栽树——被拔——又栽——又被拔的困境，后来公司经营境况每下，便不再理会，任由一条光秃街生长小环境的"荒漠"在加剧，尤其大风起时，暴雨袭时，烈日暴晒时。

我每每会在无树无绿的日子，无聊的日子，想起春城别处那些怡情的绿意——绿树簇拥着街道，一个个新城小区，一处处花园，一个个绿荫宜居、城市公园，翠峰入城郭，半城青山染，白云眷恋，鸟儿投林。

走马小城大小角落，发现诸多绿意盎然的路段、新景区规划，深受鼓舞。

贯通河东河西的市前路，市民旧称"芒果街"，最经典的一段是东门头至二桥头，两旁直立着一棵棵高高的芒果树，像一条绿色走廊，数十年的老芒果树陪伴了一代又一代人的县城记忆。乡下有"不到芒果街，不算到春城"之说，如今，一路长街春来花繁、夏来果累、林荫清凉、秋冬长青，无论步行或驾车，仿佛绿河畅游，年经月久，这里累积了小城的人文情怀，长盛不衰。

与芒果街融为一体的，是街北侧的政府大院，那是一座葱茏的林园。据县志载，这是唐武德年间，在名曰卧虎岗的此址建筑的"春州城"，距今近1500年历史了。宋熙宁年间，撤春州，改称阳春县城，至今也近1000年了。如今的政府大院，被树林深藏，多年不兴土木，依旧沿用旧办公楼，院内的老芒果树，不随岁月移，与办公楼掩映，就像童话中的小屋一样，半隐半现在绿阴之中。我想到青岛的八大关，那些深藏故事的老别墅，那些古树名木，相得益彰，融合得不能更美了。

城市之绿的主角，公园当之无愧。小城最早的中心公园（广场），位居城央，半园湖水半园广场，环湖绿树绕，文化场所众多，是早期市民游览休闲娱乐的不二之所，现在功能依然强大。近年来，政府加大力度兴建了众多功能多样的公园，河西的名树公园，主打"名树"景观，配套运动、文化活动功能，成为河西一景。建设了站前（火车站）公园，以樟树为主打，辟建文化休闲长廊，为河西再绘新貌。东湖一带，更是大手笔规划兴建了山湖林一体化的东湖公园，围绕一座东湖，下筑东湖广场，四植绿树。湖上的环湖路、二陵、绿道联为一体，打造一个高层次的宜居宜游宜商宜学的山水公园区，为市民勾勒了一个广阔的生态活动圈。

身为家乡人，早些年，对城中环境且爱且恨的，莫过于盘桓于城东南多年的YC钢铁公司，作为污染严重行业，高耸云天的烟柱喷出滚滚白烟、黑烟，吹东南风的季节，煤灰、尘埃四飘于城中楼顶、地面、空气中，侵害着人们的身心健康，侵蚀着周遭的环境。而这间大型企业的东面是阳春名山旗岭，松树、柳树、尤加利茂密，那里早早辟建了旗岭公园，绕山公路、登山道通达山顶；西侧是关系一小城文脉的文塔岭，也是阳春一景。在钢铁厂烟尘污染的岁月里，山林在哭泣，文塔被熏黑，臭气难闻，市民爱恨交加，很少涉足这两处名胜，可惜可恶至极。

在国家日益重视生态环保的气候下，渐渐地，这家企业停产了并搬迁到离城区20多公里外的南山工业园，小城迎来了明媚的春天，市区环境容貌焕然一新。原址被规划成住宅区，旗岭公园、文塔公园建设得到改建、扩建，四周成为阳春人民宜居宜养的胜地。如今，旗岭、文塔身披绿衣伸入城中，青峰与市民相拥，美哉幸哉！

新时代的春风吹绿神州大地，习近平总书记提出并践行"绿水青山就是金山银山"的生态文明建设理念，带头种树植绿，号召全国人员一年接着一年干，一代接着一代干，众人拾柴火焰高，众人植树树成林。乘着时代东风，市委、市政府正在加快绿色发展。小城，更加郁郁葱葱，尽现王维"城里青山如屋里"一般的诗情画境。

2020 年 3 月

冷坑，风景不曾谙

写下这个题目之前，是 2016 年的冬天，我去了一个本地叫冷坑的地方。此前偶然听本地一位顶级驴友说起这个生僻的地名时，竟眉飞色舞地比之为 2012 年前的鸡笼顶。为了证明他的话属实，他打开百度说，瞧，没有"冷坑"词条吧，没有渲染的文字吧，然后，还当场朗诵了当地镇文化站站长罗振生赞冷坑的一首诗："曲径通幽入冷坑，清流奇石伴我行。远落深山无人处，盘公故里有农耕。"听着听着，恍然入迷。

智者说，与一人一地结缘，皆靠修为。数日后的一个周末，《阳江日报》的吴建光副社长、市作协的谢明副主席等一行，约上省作协的叶老师，我被邀作陪，一起奔向冷坑，决意做一回现代徐霞客。这是一次值得怎样期盼的探行呢？

去冷坑，我们走罗阳高速，这条半个月前建成通车的路，贯通阳江、云浮，往来，就像邻里过家一样。冷坑，就在两市交界的县境河朗镇内，有闻名遐迩的胜景——凌霄岩，读初中时，听语文老师提起过，也目睹过初中时教画画的黄丽老师寥寥几笔写就的素描；读高中时，县城书店的壁上挂着印上"阳春三岩"的精美书签，那时，我做梦都想拥有一套。那个被老师、画家渲染过的岩洞，过多地消耗了我的想象，若干年后慕游，无惊亦无喜，"风景旧曾谙"，如见旧欢的惆怅。

冷坑不然，养在深闺人未识。

高速箭一般飞，从县城到河朗20余分钟即达。在一间早餐店，初识那位被友人屡屡提起的文化站站长罗生，只见他步履匆匆赶来，说一口浓郁春北的河朗音，语速快而有力，双手提起一幅墨宝，迫切地向尚在早餐中的我们展示"冷坑"，他极富韵味地吟诵的诗书，竟是之前听过的那一首"曲径通幽……"这位集诗、书、口才于一身的乡土文人，毫不忌讳地透露他未曾加入任何诗、书协会，令省城的叶作家赞叹不已，他超卓的才华，让在场者以得到他赠送的诗书为幸。

　　谈笑风生间，罗生带我们朝凌霄岩方向驶去，不费多少周折，便到了那座熟悉不过的"凌霄"古牌坊下。冷坑，在入凌霄岩相反的方向云帘村之东。而漠阳江源头牛牴，在云帘之北，不知有多少漠阳人慕名而来，一偿"饮水思源"之愿。冷坑，为漠江探源热潮下的一块"冷地"，鲜为人知。

　　从云帘村委进冷坑，是一段"蜀道难"。事实上，对胆子不大的人来说，走路比搭车更安心。晌午时分，我们到达冷坑村，群山绕境，几座泥砖瓦屋，散落于村野，淳良的村民，悠闲地站于门前，交叉着双手，打量我们。见到罗生，如见主顾一般熟络。我想起了陶公《饮酒》的诗景。

　　别冷坑村，驱车向冷坑源头的大山开去，村主任刘哥及一群乡亲做伴。溪水，哗啦啦地流淌。几台车子结队在丛林错杂的山中爬行，到一座鸡状如冠峰下，有溪流挡道。罗生笑侃，文武百官至此，通通下马，徒步上山。

　　这是一处如何清幽之境啊！林间荫谧，溪水清冽，苔长青石，兰生幽涧。正午的阳光透过枝叶的斑驳洒在地面的泥土上，时光美好极了。山径本无路，村民新辟之。我们前呼后应，激灵了静寂。溪流从巨石摔下，化为赏心悦目之飘瀑，众争览之，或诗歌，或狂拍，聊发少年狂，那场景动人极了。偶遇野生茶花，婆娑、香气袭人；又见蔓藤缠树，如虬狂舞；珍奇植物，新颖迭出。这一切，让冷坑乡亲充分展现了劳动人民的本领，为省、市来的作家们上了一堂受益匪浅的生物课。

　　在深邃的山林中攀行，疲且乐着。突然听到前方疾呼："这里有妙境，大家快上来啊！"我们浑身是劲，猛然冲刺。眼前的一幕，令人陶醉：深山老林中，一坪数十亩的草坡，侧有巨石，浮于石座之上。罗生说，这便是有名的风动石，风吹即响。此境正是罗生诗中"盘公故里有农耕"的瑶族盘氏的祖居地。

乡亲们或坐或躺在草坡，动情地带我们穿越到遥远的瑶族盘姓祖先的年代……明清时期，当地汉人策动了数次对少数民族大规模的清洗，逼迫盘氏先民逃遁深山，过着刀耕火种的原始生活。遥想彼情彼景，何时"夷为平地"？答案湮灭在悠远的历史烽烟中。

从盘氏家园走出，穿过一片杂木树林，淌过一条小溪，悠然见大山，一片更辽阔的草坡，几截残墙、一片门槛石，赫然入目，发出旷古的未为人知的信息；山坡上一间低矮屋祠，茕茕孑立，形影相吊。我想象着，若雨天寒月下，松林静谧，风过树梢，该是如何的毛骨悚然。走近祠前，见墙柱之表，为日月风霜驳落，撑住这座矮小得不能再矮小的祠堂的，唯这副祠联："盘氏隆世胄，漠江衍宗支。"同行的盘姓兄弟告诉我，他的先祖最早于1455年藏居于山林。罗生接着说，在这深山秘境，盘姓人筚路蓝缕，抵御强暴，不屈不挠，繁衍出8000余后人，1577年明朝时走出了族人引以为傲的云浮千总盘万魁。其实，我更想知道，此境是如何衰退的？发生过怎样的变故？苍天自古高难问，人间正道是沧桑。

沉思间，忽听罗生大呼："各位老师，快过来，此处更有妙境！"我们急速奔去，穿过一片树林，眼前豁然开朗：一座主峰端坐，旁峰相拱，前望意境苍茫，峰峦如黛如案，气象万千。主峰腹地的矮坪、半坡、山腰、巨石之上，山坟遍地，星罗棋布，不知何人何时所为，让我惊诧！罗生走过来问，你懂这些吗？我说我信科学。他则自言自语说，这座主峰名曰"白花龙"，传说为明朝国师严宗龙点穴处，谁若葬中，代代高官做无穷！玄乎其玄的评点，让我如坠云雾。

我们的目标不在此，在前方。前方是连绵不断的高山草甸，奇石、高树，如大自然盆景，点缀山水间。大家抵达山坳，有巨石屹立，仿被利斧正中劈开，石隙长奇树。遍览远山近峰，心旷神怡，我禁不住赞叹，人与大自然和谐如斯！

众人至此，皆言疲而返。唯罗生、林生与我，仍在观瞻，不欲离去。一朵白云恰好飘至白花龙顶，妙不可言。我问白花龙可登否，罗生答尚需一两个时辰，否！我说登其颔下之次峰可否，罗生说可。奋力攀，我们终站于高处，八排山、羊笪水库皆在眼底，风光奇绝，美不可言。

留下几分遗憾，几分悬念吧。王安石在《游褒禅山记》云："世之奇伟、瑰怪、非常之观，常在于险远，而人之所罕至焉，故非有志者不能至也。有志矣，不随以止也，然力不足者，亦不能至也。"甘竹大山主峰近在咫尺，而未能及，非关志与力，缘也。期待下次再来，但愿那朵祥云还在。

2016 年 12 月

过年犹忆探村时

过年的脚步急促走过，每逢此刻倍念亲。犹记儿时，老一辈人常唠叨，亲戚亲戚，常行常探才是亲戚，尤其是舅父、舅公那一头，乃母亲、祖母血堂地，如水之源头，更需行探，保持源头活络，源远流长。

过年时，最喜欢跟着母亲到舅父、大姨家探村，母亲担着格箪，一头装着糖糕、灰糕、叶粑、裹粽，一头装着腌肉、熟鸡，摇摇摆摆行走在迢迢山路上。我和弟妹们蹦蹦跳跳尾随，行田垌，蹚河溪，冬春的田野处处娇红稚绿，莺飞燕舞，一路春风，几番歇脚，小半天方到舅父、大姨家。

舅父的家在春南两镇接壤的群山环绕之境，村民讲捱话又会说山白。舅父、大姨住在同一条村庄，隔家相邻。儿时探村，我在这家住，那家吃，到了饭熟时分，各家都会争邀我们过去食饭，亲情洋溢，分外动人。舅父家周遭是深山野林，听舅母说，山上常见豹子出没。小孩子最怕夜急，农村的茅厕是搭建在屋后山边的，蹲在风声鹤唳的野外，害怕得要命。夜半时分，会听到一种凄凉的鸟叫声，每每此时，母亲便讲述那一个愈听愈伤感的兄弟俩受人唆使而骨肉相残的故事，被大哥害死的弟弟，化作一种鸟，夜夜悲怨啼哭，催人落泪。年稍长，读到有关三国的书，看到曹丕设计害曹植的章节，不会惊羡曹植七步作诗之天才，惊恐的只是权力争夺关头，往往是手足死活的残酷，懵懂世间总存着种种的恶因。

忆探村，犹忆那些年秒杀人间一切美味的独特风物。那时，大姨家可常见山珍野味，大姨、小叔会三天五日上山下套子，时常可见她家的鸡笼里有白鼻獾、野猫、七间等猎物，因为稀罕，所以好奇，山珍炖汤，味美无穷。更有当地乡村独特的风物，每一家每一户，厅堂的中公墙下、八仙桌上的竹篮，或者房间的米箩，通常会摆着或装着一块块、一角角白如雪、坚如冰的糯米做的年糕——白糍粑。切成薄片，油镬煎熟煎烙，软绵脆香无比，是小时候最钟爱的美味，长大后却极少品尝了，留给我的是挥之不去的乡愁。归家时，舅父、大姨会收下母亲亲手做的灰糕、糖糕，而换给我们一角角白糍粑，那一刻，我和弟妹们总会盯着、摩挲着，跟着母亲，心满意足而归。

忆探村，最忆与舅父、舅母、大姨和表哥表弟表姐表妹们血浓于水的情愫。大舅父为人秉性纯朴，印象中，总是那么可亲，几分严慈，几分爽朗。我和表兄弟们常跟他去村头河边的碾米铺玩，在那里，我头一回目睹流水推木轮带动石磨碾谷成米的趣事。那是我喜欢《十万个为什么》的伊始，更惊讶地得知舅父曾在河中救过 5 条溺水小孩的性命以及命理先生推断他行了善事会增寿 10 年的因果之说。大舅父的言与行，在我幼小的心灵中，烙下不同寻常的印记，影响了我的思想观。而大姨家的表哥宏和昌是大我一茬的玩伴，他们的命运观改变了我的心路历程。兄弟俩自幼失去了父亲，不幸的青少年时期被迫与母亲、叔叔相依为命，艰难度日。宏那时在三甲中学读着高中，为考大学而苦拼，屡败屡考，矢志不渝，后来终成为一名教师；昌大我一岁，自幼聪明，因饱受磨难，高中没毕业就被在遥远的西北当军官的伯父召去当了一名工人，不为命运摆布，两年后重回家乡念高中，考取大学，改变人生的轨迹。两表哥百折不挠的奋斗轨迹，给予后来遭家庭变故而痛不欲生的我以莫大的鼓舞和希望，助我步出多舛的命运。

再忆……后来，母亲异常离去，悲恸中不能自已的我，在不觉中疏离了舅父、大姨那头，并非故意，只因哀伤，不愿面对那心灵深处不可触及的伤疤！岁月不居，近些年，因喜庆之事，互动往来也多了起来，我家这边，多是父亲代行，自己总是以诸如公务、俗务繁忙为辞，极少躬身，如今忆及，愧疚不已！

古语云："水有源，故其流不穷；木有根，故其生不穷。"荒僻的山那边，有母亲的思念，有血脉的渊源，有不灭的童年印象。老子在《道德经》中说："慎终如始，则无败事。"大年初四，约了表哥表弟表姐表妹小妹们，一同去探舅父、大姨，冀行探之事永续，源远流长的意义，不可辜负。

2017 年 1 月

就这样翻过庞洞坳

阳春一邑多坳，且多以险而陡著称。我翻越过永宁沙牛塘坳、圭岗西山坳、双窖杨老岭坳、八甲茶亭坳、三甲黎冲坳，独有一坳耳熟能详，却如本土作家陈麒凌笔下的少年时的合山坳，成为我的"蜀道难"。

阅历尘世，知机缘靠人修。三甲镇庞洞乡，人文荟萃，设若造化早早让我这样一个懵懂少年，贸然翻越庞洞坳，闯进这斯文之境，想是不妥，也是不敬之事。

这个暑夏，为期两天半的阳春市作家协会笔会落点三甲镇，让亦主亦客的我心中暗喜，这或许是我与庞洞坳之缘来了。下午抵达三甲镇府，东道主黎书记致欢迎词时简介三甲镇情，豪情地说起庞洞，提及范姓族群，称为文化之乡、地灵人杰，当今就有300余老师教授出自庞洞，家家户户手写春联。这些成为笔会文友餐前饭后津津乐道之事。

笔会次日，安排文友闭门作文。奈何初来乍到，对三甲镇风光风情浅尝辄止，青山待我多妩媚，我看青山却迷茫。仲夏的阳光一早便猛烈，大家便躲在沁凉的空调房，苦思冥想，构思酝酿。于我，灵感不来，诗意不来。中午时分，不知哪位热心的文友倏然提起，不若下午翻越庞洞坳去采风，或许会文思泉涌吧。好！领队的杨主席随机而变，欣然拍板，众文友雀跃欢呼。

下午近4时，避过大暑时节灼人的热浪，笔会一行20人，坐4辆车子，从三甲墟出发，直奔庞洞乡。

终于得以翻越庞洞坳了，夙愿一朝偿，这是多么美好的事啊。我想象着川端康成在他的《千只鹤》中描绘的翻越诹峨守越山巅的情景，耳边油然响起谢野宽优美的《久住山之歌》："群山环绕竹田町，秋天河川流水声，山洞天然一城门，出入竹田此必经，竹田洞门内与外，芒草处处白茫茫……"揣着怀乡与激动之心来到庞洞坳下，坳真高真陡啊。山路在峻岭之间盘旋，车子带着我们爬坡过坳。隔着车窗，一路观赏山景，远处峰峦俊秀挺拔，层次分明；眼前松风入眼，杂树纷呈，宛如许钦松大师的山水大手笔。车在山坳穿梭，将路旁的草木抛于车后，将远峰和白云拉近……想象着，古时候，这山坳是如何的偏荒，山民出入，翻山越岭，凭两条腿，饥渴苦累也罢，还会遭遇山贼拦路打劫，谋财害命，小时候常听奶奶说过，漏夜惊恐难安。

在山坳行驶的车上，回首庞洞"往事"，是一件惬意的事。身为"老三甲"，对庞洞，既熟悉又陌生。我工作首站便在三甲的一个七所八站，而庞洞是我所的另一个征收点，一名姓范的助征员在那里收墟。所领导开会时常威吓我们：不听话、不干好，就调你们入山坪、庞洞。两地皆处深山，山道崎岖峻峭，出入班车每日一趟，候它难于古代宫女盼帝君临幸，望眼欲穿。奈何单车，要爬长长陡陡的山坳！在三甲所本部开会时，我和那位范同事总惺惺相惜，谈论处境的艰辛。1996 年，一纸调令，将我调到局办公室从事文秘工作，那年恰好遇 1996 版的《阳春县志》发行，我头一回通读完整的县志，了解阳春姓氏百家、风土人情、名人传略，自然也包括范姓的。我曾找到单位两位姓范的同事，印证县志所述庞洞范氏聚居地的渊源，谈论一方风物。我以为，它可以比肩本邑任何一个优秀的族群。

沉湎往事之中，车子爬上了传说中的茶亭坳，只见茅草莽莽，地形平缓。从前此处设有茶亭，暑日有老者卖茶水粥饭，方便过往行者歇脚乘凉止饥解渴。这是庞洞人挥之不去的往事。出坳，眼前豁然开朗，一大洞天横空出世，群山绕境，方圆数里；田畴平阔，村落稠集；阡陌交通，秩序井然。在我的意想里，这正是桃花源——梦里依稀的庞洞印象。

夏收过后，田水如镜，三三两两老农在田间播种，或弯腰，或站立，在夕照光辉下撒下金粒般闪闪发光的谷种；不远处一条小河蜿蜒流淌，眼下，是农民最苦最累的农忙时，我心绪芜杂，亦充满希望。

　　我们直奔荣阳乡，堂哥老早提起过它，那是庞洞最有名的大屋，到庞洞墟一问便知。车子行驶到略显旧陋的庞洞墟，沿途没见到多少路人，一位骑摩托的中年汉子见我们问路，立刻停下车，遥指前方。过小桥向右便是田心寨，一座庞然古屋，坐落在一条低缓的山岗下，我们朝它走去，品字形的门楼，"荣阳乡"三字飘逸瓦檐下的红色方框，分外夺目。

　　市作协笔会作不速之客，在村中未泛起涟漪。问寻乡中长老，请为我们一叙荣阳乡源流。一位热心的老人家拿出一部范氏族谱，任由我们翻阅。这部博大精深的族谱，主编是本乡的范家舜先生。打开扉页，一页页乡贤名士的名头鉴照赫然入目，肃然敬仰！来路上，建国老师讲起庞洞范氏先祖从京畿来，为倡导"先天下之忧而忧"崇高思想的宋代学士范仲淹先生之后裔，他们有着别族没有的儒雅气质。浏览族谱，赫然可见范文正公肖像，阅知范氏先祖念七公筚路蓝缕开基庞洞，后世箕裘克绍，避猖獗而处田心，造堡宇而聚子孙，兴文教而累善行，光耀族群。然族谱找不到荣阳乡的载述。掩卷，我们在大屋四处徘徊，庞然厢屋唯余断壁残垣，杂草疯长，牛粪充斥，欲从这间破落的广宇寻找某些传世的信息，除却门楼"荣阳乡"、一进厅堂门檐下"儒林第"、二进厅堂"惇叙堂"的字匾外，一切皆淹没在历史烟尘。

　　乡间静寂，一族一姓一地的兴盛，名声多播于外。走出乡间的菁英名流，功名成就，衣锦还乡，光宗耀祖。我在高中、大学时代，乃至参加工作后，已耳闻目睹庞洞范氏走出星辰般灿烂的人物，在教育、政坛、文化、经济等领域各领风骚，光芒四射，文教之乡闻名遐迩！然风流难敌时光，它可将少年变老，将老人夺走，将传奇化为平淡，将文化变为愚昧。风流总被雨打风吹去，如何传承文明、慎终追远、不忘初心，不仅考验着后代子孙，更考量着当地管理者的智慧。

　　庞洞之行，浮光掠影。没法详考荣阳乡为谁所建，是否存在有180多个门的春邑近 300 年间最大的屋宇；无暇走过深藏于民居中的古墟亭；不及考察庞洞明清书院文社的兴起与文教兴族的关联；没空聆听庞洞先贤范启暎跟随孙中山叱咤风云的传略及兴学行善建大屋的故事；也未能询问出自庞洞的众多歇后语的来由……

　　夏日落迟，站立在曾经显赫的荣阳乡门楼下，遥望尖岭，峰烟萦绕，我久久不欲离去，不为愁绪，不因感伤。在时代的洪流里，我们无非是匆匆过客，却常怀愧疚甚至彷徨，怕辜负了光阴，怕有愧于族群。环视庞洞，远山如黛，庞水悠悠，勤劳的人们在自由劳作。庞洞坳、尖岭、大屋，见证过多少人间悲欢，它们隐喻地告知来者，人世是最好的风景！

2016 年 7 月

巍巍乎，鹅凰

天下名山，曾登临几处，三山五岳、甲秀峨眉、烟雾庐山、仙境蓬莱……一度让我好高骛远，以为"熟悉的地方无风景"。唯独家乡与电白、阳西两县交界的鹅凰嶂，不敢小看。

丙申年，寥廓三秋，在阳西谋事的驴友、少年同窗潘君，邀登鹅凰，神往不已，倏时应允。翌日清早，迎着晨曦，驾车走高速，穿市过县，直奔电白马踏出口。过望夫，抵罗坑镇。地势一级一级抬升，山地形貌奇观初现。罗坑墟直去，一列天然屏障横亘眼前，欲挡去路。一条曲折迂回的盘山公路，猛然向大山山麓窜去。

重重山水，重重人家，耕耘一方水土，村民往来于阡陌，鸡犬相闻于田舍。不知从何时起，阳春尤其是家乡春南，我们的祖辈便称高凉（含电白）一带为"下路"，称这一带人为"下路佬"。我从前的潜意识里，无论地域、语言、习俗，与老家皆隔着分水岭，"下路"一词在家乡略含贬义，今得见之，一种似曾朦胧的结，释然。

车子在山间绕啊绕，爬啊爬，一座大水库奔眼而来，走近她，松涛映波，湖水如镜，若如玉带绕山间。潘兄说，这便是耳熟能详的罗坑水库，可与神奇鹅凰嶂相提并论。赞叹，这是玉帝撒下凡间的一面铜镜吧，赋山以灵气，客以遐思！

山地、人家、碧湖，是"下路"独特的风物，而我的梦想在高处。车子勇往直前，抛下望不到尾的来路。遥望主峰，仙雾缥缈，峰若隐若现，真仙境也！

今日的鹅凰，号称"阳江屋脊"，却高不过 1337 米，意境飘逸，没有唯我独尊的霸气，坐落在八甲大山苍茫秋色之中。粤西地，不知有多少主客，如我这般定然不舍向往，追梦多少年，鹅凰啊，仿若一位久违的朋友，沏了一壶好茶，候我来晤。

茂名河尾山林场，深藏在鹅凰深处，成为罗坑一路登山的必经卡口。正午时分，我们抵此，主人已在栅栏外迎候。清泉涤脸，小坐檐下，啖食鸡粥，倾听主人讲述鹅凰秘事，不知疲倦。不舍他们的热情，向 8 公里之遥的峰巅进发，穿越莽莽的热带原始雨林区，正好，大型开路机械修整路面，车轻尘碾过。沿途可见，行人三五成群，前呼后应，暖暖的人文情怀。

车停主峰下的缓坡。下车，旋即为迷雾包裹，山风凛冽，如甫登陆的八九级台风，稍不留神，瞬间将你扑倒。浓雾以极速掠过眼前，人如腾云驾雾，飘然若仙。危崖之下，乱石穿云，崔嵬嶙峋，鬼斧神工，令人叹绝。小心翼翼靠近、凝视、触摸之，百态千奇的巨石，在雾里飘忽，魅影一般。

一缕阳光照峰顶，一露"神山"面目。未及看真切，一阵浓雾飘过，顷刻隐没，霎时雾飞散，峥嵘再现，亦真亦幻。让人联想庐山，"暮色苍茫看劲松，乱云飞渡仍从容"，毛主席在庐山会议复杂形势下的心境，赫然诗上。眼前，非暮色，无劲松，苍茫雾境在，乱云飞渡在，唯余喟叹！

一座碉堡建筑，荒废了多少年，掩蔽在险崖一巨石下，人去房空，任人猜想。犹记孩提时，常闻鹅凰嶂深处有兵工厂，有飞机掠过，上山采药人、猎户迷路闯入禁区的遭遇、传说，总是神乎其神。

100 余级阶梯栈道，沿崖而筑，通向主峰，侧面看去，如长剑直刺苍穹。转角处石壁下，依稀可见洞口，容一人进出，洞前设高墙，遮而蔽之。墙内辟有堡垒、炮眼，自外望来，了无痕迹。踞险要，雄兵镇守，固若金汤。

欠身进洞，小伙伴们打亮手机电筒，洞若观火，大有洞天，纵贯东西，横穿南北，纵横交错，阔可驰车。地面一层厚泡沫，轻步踏过，发出"唧唧"声，在空洞中回响，愈显万籁静寂。试着关了电筒，即坠入茫茫黑夜，众俱惊。我尝走遍通道，洞口多掩于峭壁之下。疑惑，这山巅之下，果真如影视片《神探狄仁杰》之蛇穴那般奇异，秘而莫喧。

不宜久留，领队的潘兄速速引我们从西南方洞口出去，四野雾霭，轻盈飘逸，漫山篱竹，茂密齐整，若青毡覆盖。我们手牵手，跋涉在低矮的篱丛曲径，湿润的雾露，在阳光照射下，熠熠生辉，仿佛幻境。观赏着高山奇境，我们竟忘了疲惫，攀行在登顶路上。

午时，登上阳江屋脊。那一刻，一种激动，不可自禁；一种势高自大感，油然而生。

容不得我有片刻的自豪，巅顶便以10级狂风驱逐我们，呜呜怒吼，云雾狂乱，四野茫茫，辨不清哪是北，哪是东，哪是我，哪是你。若然独置孤岛，身心俱寒，孤寂难耐。此际，考验你的，不仅是生存能力，更是心智耐力。联想南怀瑾老先生说：人到了最高处，高得无办法再高了，便是最难处，就是"亢龙有悔"。当年袁世凯想做皇帝，其第二子反对，用诗讽谏："遽怜高处多风雨，莫到琼楼最上层。"历览前史，成大业者，必孤独相伴。做人，千万不要把自己变成高位，要变成最平凡的，最平凡的才最难得。

我以最快的速度、最急促的目光，打量眼前的"阳江屋脊"，椭圆形一坪地，两三分钟，竟令多少人神往，又让多少人却步！速速撤离，头也不回。

高山仰止，景行行止。做一名仰慕者，宁静地向往，虔诚地仰望，或许更适合于我等芸芸众生。

2016 年 12 月

聆听家乡路的脉动

2017 年尾，漠阳大地的家乡，金风缓吹，百灵歌唱，党的十九大东风遍地吹拂，贯穿粤东西的汕湛高速阳春段 12 月 28 日通车的消息传来，乡亲父老奔走相告，告之遐迩的亲朋，告之远飘的白云，分享山村高速梦圆在即的喜悦。

2018 年元旦假期，恰逢汕湛高速阳春段通车三朝的日子，这天清晨，轻风暖阳，我携家带口，沿着这条崭新的高速踏上归家的路。

从春城的家出发，驾车驶过风光迷人的渔王石大桥（又称阳春漠阳江五桥），从阳春北入口上罗阳高速，眨眼间抵崆峒互通枢纽，旋即转接汕湛高速，仿佛跨上一条腾跃的蛟龙，乘上小灵通漫游未来的那只飞船，凌空穿梭，掠过大美马兰、潭水丹凤朝阳、巍巍鹅凰……如画春南，视角清新，就像一个待字深闺的少女温柔地扑入我的胸怀，我的精神为之一振，然后不由自主地减缓车速，美不暇接间，八甲出口的路牌赫然呈现，半小时路程，不亦快哉！

驶出出口一分钟，便到一公里外的家门口。停车，心犹在路，闭目回味一路观感，恍惚间梦回唐朝，切切感受了一回李诗仙"朝辞白帝彩云间，千里江陵一日还"的畅快与诗意。

时光与距离交错，梦想与现实同框。

家乡在县境最南的镇，海拔千米、绵延数百里的鹅凰嶂山脉屏列东南，将家乡与浩瀚大海隔断，也将我的眼界阻挡，山是海的围墙，祖祖辈辈世代从没走出这堵围墙，仅留下传说。年幼时，祖父、祖母口口相传，传说一位年轻勇敢的采药人攀崖而上大山绝顶，望见渺渺茫茫的大海。传说让我向往大海多少年。

从记事时起，从家乡到异乡，唯一的通道便是省道113线，印象中，沙砾路面，桉树站立，55公里省道弯弯，让家与县城遥隔千山。

1988年，是喜忧交织的一年，永生铭记！这一年，我高考了，却落榜了；这一年，阳江建市了，生机勃发。

砥砺10年寒窗，遭遇黑色7月。看榜归来，满怀失意的我，将自己闭锁房间，懊恼、彷徨，又感前程渺茫。终日忙于劳作的父母，在为一家生计而煎熬，没有言语上的责备，让我不堪回首，含辛茹苦拼来的血汗钱，付之东流。这年10月，父母东拼西凑了一年的学杂费，为我整理好行装，在自行车尾搭驮着，送我出镇车站搭车。乡关路变得如此漫长，父母抛下一路的话，命运使我变得深沉而郁郁，祖祖辈辈在这条古老的道上刻下足迹，写下故事，传承祖训。

在路上，我默念李白那首《行路难》："行路难，行路难！多歧路，今安在？长风破浪会有时，直挂云帆济沧海。"一股力量在心头暗涌，推我前行，再拼搏一年高三，破釜沉舟。

1989年，高考成功，我找到了人生的出路。10月开学了，那一天，从老家到县城，从县城到省城，从清早到黄昏，舟车劳顿，劳我筋骨，饿我体肤，却使我走出了更宽敞的路，瞭望到更广阔的前途。

1991年毕业季，恰遇贯穿广东中西部的三茂铁路通车，人生头一遭搭火车，聆听着车轮碾过铁轨隆隆隆的金属撞击声，胸中燃起一股踌躇满志志在四方的豪情。

这一年初秋，我被安排到离县城60公里的一个偏僻的小税站工作。记得那时紫荆花满街飘落，这是一个群山包围之境，一条山路在峻岭间蜿蜒蛇行，一天仅通一班车，每每回老家、进县城公干，或与朋友会面，见到我被尘土飞扬弄得灰头垢面的模样，亲友总揶揄道：唉，读成书又如何，还不是呕山崖（长久搁置大山之意）！这话曾让我怀疑人生，几番挣扎，几番沉寂，几番咬牙，终究挺了过去。不卑不亢，为国聚财，业余采写新闻报道，默默坚持文学梦想，盼望着有一天告别大山。5年后的一天，单位人事、办公室的负责同志奇迹般出现在我面前，一个月后我被调到县局办公室工作。回首崎岖的来路，初心不改。

身为阳江日报早期的特约通讯员，我经常在路上行走。20世纪90年代中后期的业余，我骑上我的铁骑——那辆匹力充沛的本田125CC摩托，在城乡、村陌四处采访，总会遇见县境圭岗、永宁、河朗、双窖、八甲、山坪等地弯弯山道的养路工人，开着突突响的养路车，披星戴月，维护着道路，保证道路的完好畅通。在山区工作时结识的四仔便是他们当中的一员，他早晨踩着雾水出门，将那段山路拖刮得平整如镜，让上级路检人员无可挑剔。寒来暑往，看似卑微的工作，他却当作事业来做，做出了护路养路的名堂，屡屡受到表彰，也屡屡成为我通讯报道的主人公，备受群众称赞。

光阴流转，岁月留痕。2003年，漠阳大地处处流传着一个熟悉而亲近的名词——村村通公路，这是广东省委省政府提出实施的"民心工程"之一，鼓舞人心。从2003年到2008年，在阳江，"路通财通"的观念已成官方民间共识，村村通公路工程处处开花，村村通筑路近2000公里，希望之路犹如八爪鱼在乡间有力延伸，党的惠民政策暖人心。这6年，是阳江农村硬底化道路生长最快的时期，村村相连，城乡相接，舒缓了不充分、不平衡的城乡发展之间的矛盾，为阳江人民追求美好生活插上腾飞的翅膀。

俗话说，衣食住行，生活常态，百姓不可或缺。身为漠阳之子，一直在聆听、感悟、寻找自身或一座城市、一个市级行政区的出路。

在路上，是我的一种生活状态，更是亲近大地的态度。

2003年开阳高速开通了！消息传来，冲击着阳江人的出行模式，阳江融入珠三角2.5小时生活圈拉开帷幕。那是我人生第一回驾车走高速路，过境江门、佛山，到省城等墟，一路新鲜与喜悦，差点hold不住。

2004年阳茂高速通车，连通茂湛高速，再次先行为快，观念中遥远的粤西，传说中的广州湾、高州府、梅陇地、海安港，走过方知如过家家一样方便，阅过方知风情不与别处同。

2010 年底阳阳高速竣工宣告通行。我呼朋引伴跑了一程，春江半时辰，近在咫尺间。下阳江看海，来阳春看山，资源互补，文化共融，便捷的大交通功不可没。

2016 年底，罗阳高速贯通，打通了阳江往大西南的快速通道。大年初一，我一家直抵罗城行大运，一小时车程后，走读古泷州山水人文之美。半个月后一个早晨，我带着老父亲，重上罗阳高速，续走广昆高速、包茂高速，中午身已在山水甲天下的漓江了。

最让我欢喜让我盼的是，绕境老家、出口亦在老家的汕湛高速，2017 年 12 月 28 日顺利通车，成就了家乡普罗大众真实可靠的中国梦。近三年来，我曾无数次奔波在那条破烂不堪的省道 113 线，返乡动员乡亲积极配合高速公路征地工作，眼见这段路兴工动土，眼见公路建设的每一阶段，躬身采访筑路工人，体验其苦与甘、忧与乐，拍下那些动人的场景，记录那一个个平凡而伟大的建设者，书写我的观感，多次动情地发朋友圈、群，传播正能量，让汕湛高速的建设更为人关注和获得支持。

作为一名业余写作者，我还以谙熟的文艺方式讴歌他们。在云阳高速管理中心与当地文联联合举办的征文活动中，我满怀激情抒写了散文《带你赴一个千年之约》，以路为媒，寄阳春山水人文传奇于文章，荡气回肠。

伴随着 2018 年新年的脚步，阳江建市已 30 周年了。我打算以特别的方式庆贺它、纪念它，沿着这条高速驾车东行潮汕，拜访久别的同窗，和他们一起看潮剧，品潮菜，瞻韩文公祠，漫步湘子桥；再择时西达湛江，走读吴川林召棠状元府，探访雷州风情，聆听军港之夜，徜徉观海长廊。

常言道，好戏在后头。小说、影视、戏剧里的重要角色、重头戏，总被安排在后面出现，这是顺理成章的，社会发展亦然。近些日子，好消息接踵而来，阳江人民翘首以盼的深茂高铁可望于 2018 年通车；关注已久、四处流传的广湛高铁项目也渐渐浮出水面，沐浴阳光。阳江的高铁梦已然来临，活在当下，深感生活快捷便利，百姓的美好时代呼啸而来。

路是一个地区人民生活水平的缩影。这些年来，我虔诚地走过阳江地区的每一条大道，走进阳春、江城、阳东、阳西、海陵、高新等邻近县区一个个普通百姓的家，倾听他们对路的见识或见解。一个个接地气的故事，一个个和蔼可亲、鲜活生动的乡亲，让我欣然看到，在路上的阳江人意气风发，他们对自身独特的文化充满自信，对更加美好的生活充满憧憬。

2018 年 5 月

做客高村

这些天，朋友圈都在传高村，有晒美丽花田的，有晒古树林的，有晒青山横北郭的，有晒白水绕村前的，有晒栈道环绕的，高村美啦美啦。

一个昔日名不见经传的乡村，俨然网红了，代表着阳春美丽乡村的风向标。君不看，亲友小聚，同僚照面，彼此会问，你去过高村吗？去过的一脸自豪，以捷足先登为傲；没去过的，一脸惋惜。

最先听说高村，是国庆节当天晚上，我见到邻居老梁一家披着夜色归来。"你们去哪儿回来？""去高村了，阳春新建的一个乡村旅游景区，好看呢！""高村在哪？""在春湾镇自由村。"隔着夜色，我触摸到老梁夫妇抑制不住的兴奋。

10月3日，我的朋友圈中，出现了第一个晒高村的人，那是阳春报副刊的谢编辑，她发了几张照片，配上了一行精致的文字："本土美丽乡村的模板……"恰到好处。我被这世外桃源惊羡，问："这是哪儿？这么美丽！""春湾高村，在完善中。"

啊，又是高村，三日两回"见"。这便是我与高村结缘的伊始。

10月4日，我成了高村的不速之客，我带着我的老父亲和孩子，没有熟人指引，仅凭手机百度地图，轻而易举去到高村。

在村口，我踟蹰了，眼前一片田野，乍一看，不知是谁铺下一道道彩虹，三两架荷兰式的风车在彩虹中转呀转。定神一看，原来是七彩花田，三五结伴的游客像一只只小蜜蜂，迷恋在花丛中，相映成趣。

从村外环视，高村两侧，5 座青峰耸立，像 5 位威武的将军，拱卫高村。高村背后，是一座枕形山岗，密林覆盖，天然倚靠。李白诗句"青山横北郭"，简直是写给了 1200 多年后的高村。

便这样闯进了高村，一条笔直的簇新的柏油村道向村中央流淌，驾车走过路面，发出啧啧响声，路旁新树疏朗，花田瓜果的青熟气息，涌入车窗，一路吸吮，不觉间已到村前的停车场，"高村乡村旅游"大字赫然呈现在眼前青砖墙上。

停驻妥当，我们无拘无束地走，村前新建的文化广场上彩带、彩旗飘扬，场上搭起一顶顶帐篷，摆着一排排红凳，舞台上挂着的横幅透露，将办高氏文化庆典仪式。偶遇喜庆场景，心潮逐浪高。

一条水渠哗啦啦绕村前，一口月形大池塘温润地躺在村侧，一座数百仞的石峰下，青峰在天，倒映在水。阡陌交通，不知从何走起，彷徨时，一位老伯笑呵呵走过来，为我引路，绕村蜿蜒行，数棵百年老芒果树，遍体龙鳞，寿祥迎客。

行着，可见石峰下起高台，拾步而上，一处天然石窟，老虎开口状，半隐半现于石峰下过人头高处，凉气逼人，像是一间冰室。石窟有何来由？疑惑间，见侧边竖了一块石牌，道明来由：牛窿山，1982 年文物普查，省博物馆二次挖掘，初定为新石器时代遗址。高村果然高古，大有来头。

转一个弯，抹几个角，一条崭新的仿原木栈道飞架，向后山深处探去，在高阔处分叉，一道绕过山的那一边，一道投入后山古树林。一拨拨的游人，咚咚咚踏过栈道，将古老的高村唤醒。

歇息高处，眺望村前，数座石峰如龙似虎，翔踞于村外侧，村舍掩映在古树翠竹之中，意境奥秘，不可名状。回眸后山，古树林葱郁凛然，林涛阵阵。

从栈道折返下山，穿梭村落，四通八达，楼房外墙绘彩，环村绿道洁净，鸡犬相闻，村民悠然，村中央一棵 500 年古榕，将高村印象渲染至极。

徜徉村中角落，与村民和融共处，好一处现代版的"采菊东篱下，悠然见南山"田园图！

我禁不住想，朋友圈晒的高村照片算什么，照片那么平静，照片不知道高村古往今来发生过的陈事新事。

"一年前，眼前这座美丽别致的乡村，和别处普通的乡村并无两样，它平静地隐于世人眼界之外。近两年来，市委市政府经过多方考察，选定高村作为阳春乡村建设的模板，因势利导，倾力打造，终成今日我市新农村建设的风向标。"

10月15日上午，秋风怡爽，阳春市文体旅游局副局长陈慕霞站在高村花田的田埂上，正热情洋溢地为阳江市作协、阳春市作协10余名作家解说，又高大上，又接地气。这一天，陈副局长亲自带队兼导游，率本土作家高村采风来了。

半月之内，我二度做客高村，比对前一次不速之客，这次被当做嘉宾，肩负新任务，当地政府干部、高村支部书记村外相迎，尽地主之谊，热情周到。

在来时的车上，陈副局长一路谈说高村，我们得知，此行采风一个重要任务，是高村作为将于11月中旬举行的南粤古驿道定向大赛的站点之一，我市将配合这一重大赛事做好宣传工作，于是有了这天的高村行，观瞻高村风光，采写高村故事，助推高村乡村游，带动阳春乡村游蓬勃发展。

在高村的高书记引领下，三步一停，五步一说，穿村道，走栈道，又一次走上后山的开阔平台。这一回，高书记特意带我们穿越古树林，栈道蜿蜒若游龙，古树林静谧幽深，"日出而林菲开，云归而岩穴暝""野芳发而幽香，佳木秀而繁阴"，我边走边读着《醉翁亭记》的名句。

我紧随魁梧的高书记，一路上他手机响个不停，听他处理村中大小事，快速果断，可见这位高村的当家人，在新农村建设中如何拼搏，如何撸起袖子加油干，才配合市委市政府、镇委镇政府干出一片新天地。休憩间，他站在一棵高山望树下，手搭凉棚，仰望树巅，似对我们说，又像自言自语："这片古树林132亩，253棵古树，有锥子树，有高山望，有樟树，有不知名的杂木。数百年来古树庇护家山，高村人亦爱护古树，村规民约禁止破坏，人与自然和谐发展，成就一方佳话。"

出古树林，入寨中，高书记带我们走进高村党支部办公室，室内桌椅整齐，简茶以备，作家们围桌而坐，高书记端坐其中，为我们讲述高村故事。口口相传的故事，讲者绘声绘色，听者全神贯注，不时提问，不停笔记，间或拍照，小小的村支部办公室生动活泼，热火朝天，今天采风的重头戏，作家们岂能错过。一个个洗耳恭听，巴不得有十双耳朵，百个头脑，千只手笔，记录、传播高村古代与现代的故事。

相传 570 年前，明朝国师徐东风荡山至止，看见此境秀峰环峙，溪水村前过，田野坦而沃，连声赞叹"好风景，好风景"。他遇上高氏先祖煲茶，旁边有泉眼汩涌，徐国师奇之，留村中勘察风景局势。

拮据的高氏先祖，倾尽所有招待徐先生，两个多月宰了 70 只老鸭姆，天天鸭肉款待，唯不见鸭肾，先生心中隐隐不快，以为高家人吝啬不舍，故意藏了鸭肾。于是，在为高家寻龙点穴时，故意留了一手，遗下日后"惟福不足"之缺憾。

先生离开高村那一天，高氏先祖忽然捧出累积的 70 只鸭肾，面带愧色说："高家贫寒，恐招待不到，每每宰鸭时，留下鸭肾，晒好，待先生离开时一并馈送，以作手信。"先生感动万分，又羞惭万分，自己小人之心，愧对了好人。奈何村中风景局势已定，不便更改，先生只好抱憾离去。

先生回去后，深感有愧于高村，心想设法补偿。临老时，嘱咐儿子徐南山来到高村，修改高村周边布局，泽被后人，为高村今天的发展奠定了基础。

高氏先祖纯朴，厚德载物。500 余年来，一代代高村人过着平稳的日子，无大起大落，无大富大贵。似乎应了徐国师当年留下的"惟福不足"之憾。

"虎踞龙盘今胜昔，天翻天覆慨而慷。"俱往矣，500 多年风和雨，高村走进了中国社会主义新时代。天时地利人和，阳春新农村示范村选择了高村，南粤古驿道定向大赛阳江·阳春站也选择了高村。这是徐东风及其儿子当年之功？抑或新时代历史抉择？一方乡土一方人文，密切攸关。

"小城故事多，充满喜和乐……看似一幅画，听像一首歌，人生境界真善美，这里已包括……小城故事真不错，请你的朋友一起来，小城来做客。"忽然想到邓丽君传唱的这首歌，乡愁陡生。

我想，若将"小城"换作"高村"，也是妥帖的，悦耳动听的曲调与优美的高村珠联璧合，相得益彰。百闻不如一见，请您的朋友一起来，高村来做客。

2019 年 10 月

唉，秋咳

立秋至今，眼看就到中秋了。其间不知下了多少场雨，天凉了又热，热了又凉，早晚与日间温差大，秋意渐浓，想起高中地理熟记的新疆"围着火炉吃西瓜"的情景。

换季是自然界一种形态向另一种形态转换的节点，譬如人生四季的转折，素来重要。

今年初秋的一场感冒，后遗症把我折磨得怀疑人生。

旧历七月十四晚，喉咙开始痒痒的，那种经历过无数次的熟悉且厌恶的症状，谓之感冒甚至重感冒的发端。这个节，过得头昏眼花，迷糊混沌，肉食之无味，一天三顿的感冒冲剂加小柴胡，成为我重启健康之门的希望钥匙。

一顿又一顿的苦涩冲剂，终于压抑住了彻夜难眠的喉咙痒痒。以为治愈得逞时，却未料到感冒的后遗症咳嗽。此时的秋咳变得尤为顽劣。

通常，照例去百米开外城东大道的大参林药房，买一瓶川贝枇杷露，大瓶的，小瓶的不到三啖就喝完了，疗效甚微。

一瓶下去，收效似有却无。两天后再买一瓶，除了心理疗效外，秋咳似乎并不买账，助秋为虐，在日咳夜咳之中，惶恐不安。在家生怕传给家人，在单位又生怕传给同事，在各方的"关照"下，秋咳愈加放肆。

在此般状况下，收工便成了"宅男"。不妥，我得换一种止咳水喝，于是嘱晚上出街的妻子去药店问问，于我症状适合的止咳水。于是隔着夜空与药店的员工说说，说一句咳一阵，终于描摹了我无痰、有些气紧的干咳，电话那端似乎明了，于是就换了这种叫啥清肺养阴合剂的新牌子止咳水，还是中华老字号的，信心陡然大增。

喝完一瓶，似乎有些效果，可惜容量太少，150 毫升，一天三次，一次 30 毫升，一天半就了了。我只得又去买，销售员好生精明，说买一瓶半价送一瓶。这么好？我心生疑虑。

三天过去，又两瓶喝完，其间，鱼腥不吃，酸辣不吃，小心得如怕触碰到故宫的文物，唯恐惹得这顽疾生气，越发变得无赖。

可是，还是会不时干咳，喉咙似有强力胶黏着，不时要咳咳，喝水，欲除不得。

没有人知道，在这种反反复复的秋咳中，心境会糟糕到什么程度，情绪会恶劣到什么程度，脾气会暴躁到什么程度。从七月十四到现在，过了足足 20 天，眼看快到中秋了，刮过多少股风，下过多少场秋雨，这恼人的秋咳，在折磨我的漫长的日子里，我错过了多少次外出学习的机会，错过了多少次美食大餐，错过了村委多少次的百分盛宴，也错过了往年无事之秋的良辰美景，我盘算不清。

在这时好时坏的痛疾与心绪中，唯独没有错过的是读写。在业余，在睡前的宝贵时刻，我读完了《应物兄》，还有省作协新寄到的两期《作品》杂志，还有新编的潭籥红色故事，还有手机无穷无尽的头条，关于香港的乱局新闻与中央权威媒体的锐评，关于茅盾文学奖的花絮与官媒盛大的评论。

不止于此，我还铁律一般每天坚持微信朋友圈的写写说说，坚持隔三岔五在手提电脑上写文稿，保持生活的新鲜感，保持文字的鲜活感，保持投稿。投入其中，得以暂时忘却咳嗽的苦楚和糟糕透顶的心情。

其间，也遇到家里单位里挚友中烦恼不休的大小事，生活一地鸡毛，也散发着耐人寻味的烟火气，五味杂陈。每每如此，相比之下，我甚至会想，我那貌似不屈不挠的秋咳，又算得了什么？又奈何得了你什么？

　　写下这篇文章时，秋咳已接近尾声。病后杂思杂记，最想说的是，人生无时不痛苦，你得在痛苦中找事干，让自己陆陆续续忘却痛苦，在无为中作为，在作为中无为。

2020 年 8 月

冬夜的暗河

冬夜的河岸，人迹稀少。连河堤的灯火，也散发出暗幽的光，一闪一闪的，似在眼前，还觉虚渺。

小城的冬天不冷，11月了，近腊月了，人们还可以穿着单衣，在街上潇洒地走。今天气温24℃，说回到夏天也并不为过，也看见同事在朋友圈里热烈地晒，其实，南方近些年来，暖冬已成为新常态。

在三桥之南夜走，记得上一次夜走三桥之南，该是夏天，在亲水平台的大理石台阶坐坐，然后临河凭栏，听夏虫唧唧，听河风拂过，听水浮莲疯长，全神贯注盯着霓虹闪烁的河面，倏然一条河鲤咕咚一声跃出水面，又缓缓沉下，倏忽飘来一阵香水味儿，夏夜河趣，在暗河氤氲着，酝酿着精彩的故事，无论你亲历过，或不曾亲历过。

今晚不然，即便如此暖和之夜，不见寒风掠河上，我仍做一回大河的稀客。走了长长的一段夜路，傍河而行，不闻虫声，不闻草木的芬芳，不见大鱼跃出寂寞的水面，更不闻夜来香袭人，此时的亲水平台仿若一座废墟，夏夜常见过的那只夜猫，此时也消踪匿迹了，唯独对岸黝黑夜空下微弱的灯火，在孤独地眨着昏昏欲睡的眼睛。

这条谙熟的暗河，曾经亲近无间，这一刻，似乎并不欢迎我，我识趣地转身，朝喧闹的三桥走去，寻找属于我的光。

2018年11月

冬至家乡记

蜡黄、橘黄，成为面前垌的主打色彩，秋收过后，留存脚踝、小腿高的禾秆头，挺拔尖锐，怼对冬日。

出块方正而平坦，水渠翠绿而静谧。田原边缘的青草依然葳蕤，坡地的白菜肥硕，被篱笆包围，鹅不食草藏匿其间，乡间草药师比如我父亲和他的徒弟们手到擒来。

日暮来临前，走向原野，身不由己投向旷久的旧时光，仿佛一名拾荒者，重拾年少时光遗失的足迹、追逐飞鸟的痕迹，一边拾起，一边遗忘。

暮色倏忽加剧，今天是最短的白昼，在田野，黑影子急切上演，仿佛为了显示冬至的存在感。这一天，太阳在家门正前方罗城河边山坳的文昌阁升起，若无其事地走过我家的屋顶，转瞬之间绕过屋后的簕竹尾，缓缓跌落屋背岭，留下一片短促的云霞光影，运行的轨迹重复而亘古，白云过隙，今日体现得淋漓尽致。

白日的短，造就今夜的漫长。最短的日与最长的夜，已度过四十好几回的年轮了，像今天这般渲染与矫情，未曾有过。

2018 年 12 月

赴一场盛大热烈的乡间炮会

年年岁岁，农历四月初六。

坐落于漠阳江南部阳春市河口镇一隅，金堡村。

这一天，这一处，隆重举办一场盛大的民俗活动——金堡盘皇庙炮会。受到阳江市文联副主席陈建华先生的诚邀，我们一起来到现场。烈日当空，暑气发轫，胜在猎猎夏风，在山坡村野到处流淌，将人体表面的汗粒拂扫，让人觉得并非如酷暑那般难受。

大有来头的金堡盘皇庙炮会，一读史料便让人肃穆几分。这座230多年前建造的盘皇庙，供奉着人类开天辟地第一位人皇——盘古氏，当地百姓在盘皇庙建好的那一天是四月初六，自发聚集在开阔的炮坪，举行盛大的炮会，祈求盘皇护佑风调雨顺，国泰民安。

源于历史悠久，源于丰富正义的民俗内涵，更源于良好的传统文化传承，蜚声遐迩的金堡盘皇庙炮会获列市级非遗项目，今天正式挂牌。

昨晚，在盘皇庙前那块开阔平整的烧炮坪，八音喧天，当地民众、外来客人围圈而坐，津津有味地享用了一场大戏。

今天一大早，百姓、宾客如云，有开车的，骑车的，行路的，他们来自四面八方，络绎不绝，奔走在村村通的道路上，只为赶看一年一度的炮会。

上午，各路领导如期就位，锣鼓喧天，醒目威武，他们共同为阳江市级非物质文化遗产名录举行揭牌仪式，掌声潮水般响起来。

午时，在宽广的红色文化广场，各方面，各阶层，各路群众，嘉宾代表，在炮坪四面站坐围观，看南狮舞起来，将武术和民俗的活动气氛点燃，连同这炽热的天时。

前奏绵长，终于轮到烧大炮了，早早候置于主席台前，空旷的炮坪，8尊大炮一字排开，尊尊名字不同，赋予的幸运含义也不同。

一尊一尊地，在各路嘉宾的主导下点火，炮芯腾空，落下。涌动的人潮，翘首以盼，瞄准，群体扑向落体，群雄逐鹿般，抢夺得炮芯者为幸运的豪杰！

人们欢呼，人们雀跃，然后众星捧月般祝贺，喜乐高奏，仪式感饱满。8炮，皆如此这般，炮炮一样的点法，不一样的点炮嘉宾，不一样的腾空轨迹，不一样的落地，更是不一样的哄抢手法，诞生不一样的得主。气氛高亢，高潮迭起。

初次见识了金堡盘皇庙炮会，在热烈的初夏，乡土文化气息古朴粗犷，一样的炮会，异别于本邑石望将军府炮会和他方的炮会。净是这地方地形，这时间节点，这风俗风貌，这非遗文化史料图文展览，就大不一样。

更值得崇敬和特书的是，金堡盘皇庙炮会，在于它融合了金堡红色革命斗争。这里地属旧金横区，当年赵荣、李信、姚立尹、廖绍琏等一众革命前辈，充分利用地处两县交界的山地地域优势，在这一带开展了多年的艰苦卓绝的革命斗争。其中以廖绍琏为代表，他以金堡小学（旧盘皇庙）为据点，利用金堡传统炮会筹集革命经费，利用金堡小学宣传革命，发动革命斗争，留下了许许多多可歌可泣的斗智斗勇的革命战斗事迹。

河口是阳春著名的革命老区，这里的革命斗争曾经如火如荼，河口人民做出了重大的贡献，也付出了巨大的牺牲。河口革命斗争史是阳春革命斗争史的重要组成部分，而金堡斗争史是河口斗争史厚重的一笔，永垂党史！

由此可见，金堡是传统的，金堡更是红色的，珠联璧合，相得益彰，薪火相传！

是以观之，是以歌之，是以记之！

2021 年 6 月

后巷故事

后巷，半畦地往年是生长瓜菜、番薯的土地，今年春天长起了紫苏，肥水充沛，紫苏长成了一棵棵树，紫苏树蓬蓬勃勃，长成一片紫苏林。不时见有蛇虫蛤鼠出没。

秋天的金风、冬天的朔风一吹，后巷一畦"森林"便起起伏伏，饱含沧桑的叶子丛，一串串紫红色的花儿，坚挺斜刺。蜜蜂嗡嗡飞出飞入，孤孤独独，又忙忙碌碌。

后巷那位老阿婆，73 岁了，今秋永远停留在了 73 岁。这位老人，素来独来独往，从前总爱怼邻居，你走过她家后巷的野草地拍拍花草，她就会出来驱逐。

自去年来，她变得友善起来，早晚不时打门前屋后过，有事没事都会看过来，笑呵呵的，打声招呼，看见邻家的婴儿，还会以特别的方式说好话，吉祥的话，让人家听了颇为好感的那种。

我们对她友善的转变欣然接受，见她在屋后的走廊来回踱步，也会主动地问候她一声，或者点点头，微笑一下。这样的一个老邻里，怎么发现最近两三个月不见踪影了呢？后来，后来听说走了，是一种病，难以接受的变故。同样难以接受的，是今年烟花三月，父亲也无声无息地离去。

后巷有故事，关于喜，关于忧的。立春前夕，我写过一个散文，渲染过那时那事那春意。

此刻，光阴之舟驶过一年之中的差不多 11 个月，经历了春秋而又初冬。蓦然回首，惊犹在梦，放眼眼前风物，年初的小紫苏，也已乱变成林，秋风掠过，呼呼作响。

年月变，时事变。人似秋雁来有信，事如春梦了无痕。

2020 年 11 月

登望海台

想起王安石名句："世之奇伟、瑰怪，非常之观，常在于险远，而人之所罕至焉，故非有志者不能至也。有志者，不随以止也，然力不足者，亦不能至也。"

今天一登云灵山，如愿以偿，践行了王安石的境界观。

之前看过本土文友义和、云梅、方柱等老师登云灵山发的朋友圈、推文，他们似乎主推云灵山风景的瑰丽、雄奇，而轻描淡写路途之险要、艰辛，尤其是云梅，说驱车到风门坳，半小时可登顶，受了引诱，心驰神往，而忽略了小马过河的寓言。

今天心血来潮，突想登云灵山了，二话不说，约了两位亲友，驱车翻过城东的马鞍山，尝试导航着走，谁知导航老是痴呆，言行屡屡失灵，尤其在山岭、乡村，它只算个屁。

我的小车在砾石遍布的陡峭的羊肠小道歪歪斜斜向上爬，犹如负重的老牛，我心痛我的轮胎，我心痛我的底盘，终于在离风门坳遥远的半山腰将车搁置。安步当车，苦累着爬上风门坳，那座在民国阳江志中提到过的风门坳，古今扬名，险要着呢。

在风门坳，见到有先驱者已下山来，在休憩。坳口有路标，其中有望海台，有瀑布石，有恐龙石，指向三个不同的方位，我们朝着望海台的方向前进。

不知者无畏，我们也幼稚地以为仅仅半小时而已，没有考虑路况，一直往前走，不问东西。

　　不描摹路况了，也不叙述路险了。我到过华山、泰山、鹅凰嶂，我只想说，华山算天险，鹅凰嶂算屋脊，相比望海台，它们也险不到哪里去。

　　今天，高山的风很古怪，又硬又冷，起码10级，一路撕打着我们，将漫山的茅草、芒花、梨竹吹得倒伏又泛起，仿佛地动山摇，我们弱小的身躯算什么，分分钟被吹走，吹下渺渺茫茫的山崖去。一路上，我们胆战心惊，猫腰蛇行，终于经受住了可怕的山风考验，没被掀下山去。

　　两个小时后，我们雄踞在云灵山巅那块瑰奇的巨石——望海台顶上。台遗世耸立，顶着怒号的豪风，东眺西俯，南张北望，层云在脚下流淌，春城不过一片块垒，翠峰连绵起伏处的末梢，苍苍茫茫，村庄星罗棋布，田野金黄铺地，远处点点白光，片块光芒。朋友说，那是阳东大八方向。传说中的望海处，该是这一方。

　　惊奇的是，山巅一方巨石的峭壁上，"望海台""刘三妹歌台"的漆红石刻大字，在长空中飘过，如幻似真。我仿佛到了泰山，到了云台山，看这块绝壁，这石刻。

　　更惊喜的是，看到了宋朝大臣胡铨的气势磅礴的诗，被刻在悬崖上。我没有考证过，只可拍下，一口气读一遍，又读一遍，那气势和文辞，不容置疑。"未上凌烟阁，先登望海台。"看见这"台"字，我想起五台山的台，茅台的台，这"台"字，足以惊艳世间。

　　今天，我们云灵山望海台之旅，恰好在重阳前，便有了意义。来回6小时的攀爬历险，也觉得值了。

　　旅居春城20多年，人们皆云云灵久矣，却不知东山云灵之巅有瑰丽雄奇的望海台，甚至没涉足望一眼它沧海桑田般的存在。孤陋寡闻如我！

　　历险道，驾长风，终得值。是以记之。

2020 年 11 月

缓缓走过老家的年晚

在阴霾的笼罩下，氛围凝滞，人们压抑的心难以舒展开来。

今天是旧历年最后一天，长长的一年将尽，百感交集。时间本无缝隙，无始无终，一天接着一天，但人生有涯，如影随形，世界上的万事万物有始有终，在或长或短的生涯中。千姿百态地生活着，无为或有为，思想或无感，个中滋味，各自品尝。活着首先是个体的活着，然后才构成庞杂的社会和社会关系，相互矛盾又相互统一，这是哲学君说的对立统一。

下午跟父亲去了一趟文昌阁的仙师宫，终于近距离察看了一次门前那座小山岗，如案如枕，在我家门口看是案，在田心村看是枕，树木葱茏，躺在田心河村背已历历千万年。小时候看它好伟岸，现在看它不过如此。

在老家祭祀的诸君中，仙师仅次于灶君，然后才是众神和家神。年节祭祀的次序，习以为俗，世代流传。在祭祀繁杂的礼仪中，每每看到烟火萦绕，香烛高照，年年岁岁，爷爷带着父亲，父亲带着我，我带着儿子，蓦然回首，感觉年月终究老了。

年终岁末，过年了，想到王安石那首传诵久远的诗《元日》："千门万户曈曈日，总把新桃换旧符。"

千门万户依旧，可惜不见曈曈日，春风不来，桃花未开。

2020 年 1 月

年晚立春　月季花开

立春、除夕喜相逢，就在今天，良辰美景。

薄薄的晨曦刚露头，天边一片浅金红。晨早起，除夕贴对、祀奉，是每年此日常规的功课，这么多年从未改变，哪怕最糟糕的年头。

不堪回首的 1992 年，因一场变故，我不得不寄人篱下，住在叔的家。过年，帮叔做家务、贴对联，不至于让痛心疾首在空闲中蔓延，茶酒不思的团圆饭刚罢，便仓促地把自己投入叔家巷心的房间，摊开一沓印着单位名称的信纸，潦草地书写，写下见闻，写下彷徨。等到一个心事收敛的日子，骑车出墟，投入邮局的信箱筒。于那年春节，阳江日报头版二版三版及副刊，文字开花，见报的心情，慰藉了悲伤的心绪，最坏的年头看见一丝希望，荫翳的天空张开一线天光。

走过晦暗的奇数，出现一段阳数。命运的峰谷，峰回路转，起起伏伏，那是一个人必需的历程，甩不掉，且与之共舞，此后再遇挫败，重见阴暗时，那段伤痛史便走出来，显示在我面前，眼下的一切逆境挫折，将会相形见绌，山变岭头，岭头变坡，矮坡化平地，让我逾越过去，跨越过去，使自己的生命延续、存在下去。

记忆顺着思绪，从手机的屏幕，从拼音输出的文字自然流露，写下流年，写下感伤，百感交集。一年到头，辞旧迎新，年俗纷繁，大半天竟不知不觉溜走。

上午，在城里的家，贴好楼顶的门额、门神后，宣告楼上楼下大门小门的门对活大功告成。腰酸腿疼，转身望见楼台花园，花仙子倏忽出现，一丛一丛的月季，盛开着红的粉的黄的花，一大朵一大朵，一大朵又一大朵，沉鱼落雁，有一种大呼小叫的热闹。以外还有一小锤一小锤，一小锤又一小锤，那是花蕾，害羞起来，含苞未放，寄未来以美好吧。

下午，在老家。忙着和上午一样的功课，撕旧对，贴新对，灶君、土地、门官、太公屋、社坛、仙师宫……父亲携儿孙，担着三牲酒礼，一一走遍，一一祀奉，虔诚恭敬，念旧祈愿，烟火缭绕，鞭炮声阵阵，在乡村的角落，此起彼伏，将过年过节的氛围推向高潮。

忙碌毕，已是年晚的下午 4 点半了。停下来歇歇，回首往事，回味刚忙完的年三十晚俗事。

门外，过往车辆，流水而过。单竹摇曳，东风欲来。画音清晰而坚定，旧岁长已，新岁走来。感恩天时。

2018 年 2 月

青幕翠屏

序列中秋，月饼广告的吆喝声一阵响过一阵，早在五六月间就开始了，商贾似乎在催促岁月的脚步，快走，快快走。商人逐利之图，路人和你皆懂的。

看看大自然，尤其远离喧嚣的乡村，景色依旧按既定的节奏，不快不慢。季节转秋，禾苗依然翠绿，绿幽幽，绿茵茵，眺望田间，出现一点、两三点的影子，慢慢挪动，那是身披雨衣如蓑衣的老乡亲，在抒田水或除稗子，这稀疏的影子将会越来越少，越来越小，直至消失在视野的尽头。

天气好生清凉，秋风不会欺骗你。阳光也仄仄的，像一头经过长跑的狮子，无力再咬人。坡地上的花生早已收获，早已榨油，化作滴滴香味了。眼下地里，只剩下玉米、黄豇豆、红豇豆苗，在夏风秋露中等待主家的收拾。

路人疏疏落落，不仅仅因高速路通车路向的改变而改变，在村子里行走的人本来就少了，渐渐更甚。难得有两个小毛孩骑单车出现在门前，莽莽撞撞的，让纳闷的场景生气了一下。

端坐二楼厅堂，隔着落地窗栅栏望门外，视角尽辽阔，万物仍滋长，郁郁葱葱，景色仿佛还停留在夏季，它们是夏季的保守派，没有与时同行，却没发现有何不妥，就像一些人，年龄与长相不同步，却仍然生活在自己的轨迹里，便好。

岁月老了，心亦老。村庄的人，有的走了，有的还健在，更多的是新新人类，我不认识他们，他们也不认识我。

同一片地域，同一片天空下，错杂着那么多不同茬的人儿，造就了变化的社会，错杂的思想。人便是这样，杂陈地生活着。

2018 年 9 月

趣味莫若端午节

五月初一了，五月节的到来屈指可数。

裹粽是端午应节食品。小时，每每节前，乡邻便早早割了绞股，上山摘了芒叶，母亲、奶奶也惯在家门口整理、晾晒之，待五月初一临近，便包粽子、煮粽子，柴火旺盛，蒸汽弥漫，香气四溢，这一连串的课程，自幼有趣，诱人垂涎。

远古的屈原，是中学后才知晓的，读《离骚》，忧伤不已，"吾将上下而求索""举世皆浊我独清，众人皆醉我独醒，是以见放"，幽远高孤，发人深省，古今皆然。

五月挂艾草和菖蒲，是城乡的风俗，延绵至今。从五月初一，也就是今天开始，家家户户无不将其悬挂于门前，景观最是不同寻常，好玩得很。别的节庆，哪有这样子的呢！

难怪连扶桑国历史上的散文双壁之一《枕草子》，也趣记了这个节日的风俗风情："节日，莫有胜过五月五日者。菖蒲和艾草纷纷散放香气，扑鼻愉悦。上自九重阙之内，下至于庶民的住屋无不悬挂。""端午节的时候，要伺候皇后的膳食，年轻的宫女们以菖蒲装饰梳子，身上带着辟邪的牌子……直到傍晚时分，子规啼鸣而过，这节日真是充满了有趣之事。"

自古，日本的端午节之俗，与我国相仿。过了秋冬以后，五月初五的菖蒲，发白变枯走了模样，没想到当时的香气依旧飘荡于四周。确实没有一个节日，长久趣味如此。

2018 年 6 月

热烈的夏，到铁屎迳采风去

小满过后，大地蒸腾，庄稼滴翠。

蓝天辽远，白云朵朵，山岗飘荡。

今天上午，我们结伴采风去，采1100多年前南汉的古风，那阵风从十国时期偏安一隅的王朝吹来，带着铅矿冶炼、铸钱工场的热气腾腾，一幕幕场景、一队队官兵、一群群作坊工人时隐时现，在村前小河边、山岗上，漫山遍野，场面浩大。

我在想象，那时候，这里群山逶迤，是如何的偏荒，自从建设了官方的冶炼、铸钱厂，这里又是如何的沸腾，官道上运送"乾亨重宝"的车马辚辚，直抵南汉王刘龑的都城番禺。

据《十国春秋》载："刘龑是因国用不足，又铸铅钱，十当铜钱一。"广州博物馆藏有大量"乾亨重宝"铅钱，铁屎迳铸钱遗址的发现，是发现南汉刘龑王朝经济社会状况的田野史料，历史价值不言而喻，因此1989年已列入广东省文物保护单位。

之前，我阅读了南汉刘龑王朝的大批史料，了解了在那段混乱的五代十国时期，这个偏安于岭南一隅的短暂朝代，甚至二十四史不做详细记录的朝代，在历史上存在了54年后，就灭于北宋。更在百度中查阅到南汉的始祖王刘龑及继任者均为"荒淫残暴之君，广聚珠宝珍玩，大兴土木"的叙述时，颇为不屑，史趣顿消。

我们还采撷新风，采一股新时代文物保护的新风。一直有关注，从未到现场的铁屎迳铸钱遗址，最早听闻之是读高中时，我住在堂哥世增的家，时堂哥好友、在县博物馆工作的闲园珍君不时来小聚，他们聊谈乡土文物、文学，书生意气，激扬文字，我只是旁观者，也听到闲君的家乡出土了钱范文物，留下遗址。

尔后，在央视的采访节目中，得知闲先生对发现铁屎迳铸钱遗址功不可没，对他，肃然起敬。

昨晚，堂哥和在镇政府文化部门工作的闲先生聊起我今天打算去看铁屎迳铸钱遗址时，闲先生表示想陪同我一起去现场。今天早上，堂哥致电我，说闲先生因临时有紧急应酬，去不成，有些遗憾。

日前，我偶然在阳江发布看到《阳江市石望铸钱遗址保护条例（草案）》向社会征求意见，对一直向往了30余年的石望铁屎迳铸钱遗址倏然而生即往观瞻之心，随即和忘年交、市府办退休的干部东叔一说即合，今日我们一行5人顺利抵达，一偿心愿。

巧合有趣的是，这村庄还是好同事周、陈两君的家乡，昨天和他们说起行程，他俩自豪感满溢，一切有从头说起的快慰。今天，见识了他们人杰地灵的家乡，甚妙！

古风、新风交汇的石望铁屎迳山村，历史渊源深远，人文辈出。

"江山留胜迹，我辈复登临。"

夏日的风炽热熏人，使人激动。之前，我熟读过阳春县志、市志关于铁屎迳铸钱遗址的记载，妥妥地记得这是广东省重点文物保护单位。今天在现场，却看到了进入村道旁的一方庄重牌碑，喜悉它已升格为全国重点文物保护单位了，是2019年阳春的大事。

2021年5月

少年坡

春风做伴，回到少年时的坡。

那是一片纵横十里的坡地，土色玄黄，土质疏松，为村庄世代栽薯种豆的良壤。

春分前后，种瓜点豆。

农时踏入二月初一，乡村的坡便点满地豆，一粒粒芽儿破土而出，变魔术一般，转眼长出3片、5片、8片的苗青，贴着地面，迎风起舞，样子十足童话里的小矮人，游戏嬉笑，可爱极了。

满眼的青苗，纵成列，横成行，俨然一位油画大师，在辽阔大地的画板上任性点缀，挥就家乡坡最写意的作品，青黄搭配，生机勃勃。

我从坡上走过，坡上一片春色。俯首、注视、凝望，这块少年时洒过汗水、留下足迹的土地，芬芳飘逸。泥土的芬芳，是母亲的芬芳，亲切而久远，隐约而清晰，似晴还阴的初春，记忆灼伤我。

身心从恍惚中逃离，屹立坡顶，仰望苍穹，鹰鹞不见；环顾四野，远山如黛。开阔的围箩之境，四邻八乡的村落，棋布周遭，人居星罗山河前后，大道贯通，阡陌交通，俨在一方乡土戏台，演绎过多少啼笑皆非的故事。

坡是主人，人是过客。一茬茬豆苗，一年年春色，时光老去，陌上少年缓缓归。唯门前坡，春风一度又一度，不改容颜，不变流向。

2021 年 3 月

太公屋前随想

　　岁月终究老了。年晚，我站在太公屋前，看着一拨一拨的同宗兄弟，前来拜祭祖先，在烛火与烟雾的缭绕下，一切身影变得虚无缥缈，似乎从未存在过，却又真真实实地存在着。

　　在老父亲的催促下，于自家盒箩里捧出煮熟的三牲，置于祖先神位的案上，点燃香纸宝烛。

　　拜祭毕，再置三牲酒礼于左厢墙角简陋的临时的竹筒神位下，拜祭。那是母亲灵魂所在，一个卑微的过客，一个伟大的灵魂。微烛青烟影影绰绰，迷茫我的双眼，我的思绪瞬间凝固，眼眶有湿漉漉的液体渗透，带着体温。

　　是啊，又一年了。在这新年欢乐的气氛中，又年长了一岁。十邻八乡的爆竹声，此起彼伏，却不再让我欢欣鼓舞，春晚也愈来愈乏味了。在这欢天喜地的新春里，我竟不合时宜地伤感起来，在别人看来是可笑的，可还是止不住我的思绪。

2018 年 2 月

乡村年暮

高速路从左边的群山迤逦而来，绕境屋后的鸡冠岭，八甲的出口设在这里。

年关逼近，云阳高速路上，粤 Q、粤 C、粤 K、粤 W、粤 S 甚至"琼"字头车牌的车多了，闪电一般，匆匆驰过，载着赤子或游子，乡愁或年味。

一出收费站，走一公里便是老家门口。今天周六，邀上妹一家，回到老家。

站在楼顶，极目四野，今天天色不错，近山黛青，远山苍茫，大地玄黄，竹木葳蕤，田野冬眠，一家一户的门前，晒了五颜六色的被褥衣物，赤橙黄绿青蓝紫，在乡村的天空下舞动，层次分明，展示着一个多姿多彩的世界。

凭栏观路，观路人，别有一番趣味。我家的右侧，100 米开外，是一口数百亩阔的山塘水库，风从这边卷来，带着杀气。智慧的老祖宗于这一侧栽种了一列簕竹，团团簇簇，密不透风，无论从科学、传统的意义上说，皆为合理称心的，于是世代流传下来。

一个春秋梦，一条高速路的规划，是乡村之缘，无巧不成书！八甲出口就打村边屋侧过，可谓大书特书的山乡巨变。动，有可喜之变，有堪忧之变，南怀瑾说《易经》，动有四分之三属凶，四分之一属吉。

两年半的筑路，从测量时起，直至今天，我一一见证了村庄里发生的战争。征地时，边界之争，集体与私人财产之争，兄弟叔侄的屋宅基地之争、岭坡之争，一出出，一桩桩。错综复杂，钩心斗角，六亲不认，父子成仇，人伦丧尽，吵闹不停，甚至大打出手。

此外，门前的县道，也被车水马龙的大型工程车碾得伤痕累累，常见过往的车辆人仰马翻。

因此，一个乡村，便成了春秋战国，上演着一幕幕让人慨叹不已的悲剧。当然，高速出口的好处也是存在的，不言而喻。

感叹之余，看见一辆辆摩托车打家门前悠悠而过，稀稀拉拉的，有出墟的，有回家的，从高处俯瞰，仿佛甲虫一般，在各自的轨迹行走。

眺望对面坡，楼宇坐立，偶见小孩、老人在门前晃动，一切是那么宁静悠闲，村庄似乎在冬眠着。

听见邻家说说，谁谁打工回来了，谁谁开车回来过年了，谁谁放假了，猛然意识到，年关逼近！

下午，天色有些灰蒙，风止树静，空气变得凝滞起来，这是冬春的分野，乡村的天空氤氲着年味，由近而远，弥漫开来，好生特别，杂陈了熟悉与陌生。

2017 年 1 月

小雪，阳春白雪记

在古老的汉语言文字里，有一个词儿叫阳春白雪，它像云天一样澄空缥缈，高高在上，可望而不可即。

生活在岭南粤西，似乎很难与这个词挂上边儿。自然存在变与不变的法则，看似明明可能将发生的事情，却偏偏没有发生了；看似明明不可能发生的事情，却偏偏发生了。

谈起 2016 年 1 月山坪风车顶的那一场雪，那一场浩浩荡荡的大雪，与其说是一件破天荒的事，不如说是一个神话。生活那么久，从没听老一辈的人说阳春下过雪，那是北方的专利，南方沾指不得。记得若干年前，在《南方日报》上，读过关于历史上岭南是否下过雪的大论战。之后，我深信，潜意识里，白雪那么罕见雅观的尤物，怎么可能飘落在历史上被屡屡鄙视的荒蛮之境呢。

现实往往打脸固化的看法或观念，2016 年冬山坪风车顶的那一场雪就是佐证。岭南粤西的山地，就这样毫无道理、毫无征兆地下雪了，而且下得那么大，山舞银蛇，原驰蜡象，漫山素裹，分外妖娆，乃至万人空巷，人潮汹涌，扑向偏荒的、名不见经传的风车顶，山路上塞得不要不要的，看雪看客被堵路上，成为别人眼中的风景，不亦快哉！

我想说的是，阳春白雪不总是高雅缥缈，时也运也，亦可以变成下里巴人。君不闻，旧时王谢堂前燕，飞入寻常百姓家。那是历史上著名的逆袭。阳春 2016 年风车顶一度飞雪，是现实生活中最好的例证。

时令流转到一年之中的小雪了，在 2016 年前，我总以为"小雪"这个优雅的词汇，与现实中的我们沾不上边的。其实不然。

身为阳春人，尤其喜欢阳春白雪。今天小雪，读到李娟的《九篇雪》，忽然联想，这世界上所有的白，有一日降临阳春，岂非"夏虫不足以语冰"的《世说新语》吗？沾沾自喜一番。

2017 年 11 月

烟火漫卷

那天回到老家等墟，和东叔去找最地道的乡土美味八甲玛皮。东叔说老市场边有一间，食过多次味道都好。我说好，我知道在哪。

去到老市场，旧市场正在改造升级，玛皮铺都见不到了。我说那就去我经常光顾的那一家吧。

于是我们行到墟尾一个仄巷，那里坐落着一间简陋的院子，似乎不为人知，却又有那么一股"酒香不怕巷子深"的自信。

熟络的陋院，大门敞开，走进去，架生一目了然，几张台桌，一方柴灶，一堆干柴枝，一个晾粉台，一个切粉台，简朴而不失传统，是小时候玛皮店的摆设了，很温馨。

更温馨的是玛皮店的主人们，两个孩子以及他们年轻的妈妈，那位小女孩坐在彤红的灶膛前，侍弄柴火，将一根一根柴头送入灶门，火光把她蓬勃的头发、幼稚的脸庞、拨弄柴火的小手，映得红啵啵的。

切粉台前，一位小男孩在操刀切玛皮，全神贯注，有板有眼，切出的玛皮均匀齐整。我赞过两个孩子，赞他们是美少年，赞他们小小年龄，大大的举动，帮手家庭事务。他俩有点不好意思，低着头，我察觉到他们受到鼓励的内心愉悦。

他们的母亲站在一旁，有一种袖手旁观的洒脱与欣慰。我夸她的孩子听话、可爱，她开始有些不置可否，说有啥呢，那么大个人了，帮点忙应该的。我说不知有多少像他们这般大的孩子，跑到哪玩去了，又或者是迷上了游戏机，难以自拔。

我这么一说，那位母亲似乎被打动，会心一笑，露出欣慰的笑容。自豪吧，孩子们!

那男孩子切好玛皮，趁热，给我们端上一人一大碗，盐水加酱油加熟油，撒些葱花，搅匀，我们又切了一盘猪头皮，伴了蒜米、酱油，坐在角落的一张台桌，大快朵颐，边吃边赞，那场景并不比满汉全席差多少，也不比洛阳的水席逊色几分。

东叔很有战斗力，不一会工夫，就吃光了一盘，他一边抹嘴，一边啧啧称赞，说很难看到烧柴的土灶了，做玛皮的全套架生也是传统的，还是纯手工的，今天能吃到这样的玛皮，有福了。

我说，东叔啊，何止呢，这玛皮还出自两个小孩的手，纯朴、洁净、年轻态。记得那场景，是老家的场景，烟火漫卷，可遇而不可求。

我们哪里是吃玛皮呢，简直是吃到了太上老君带着童男童女，以三昧真火炼得的仙丹，畅快淋漓，不亦快哉!

2021 年 6 月

早春二月仙湖行

二月初一，又登临海拔近千米的仙家洞，记不清这是多少次投入家乡仙湖的怀抱。

只觉湖光山色，春景明媚，奔眼而来。

仙湖之美，是别处湖景无以比拟之美，胜在山色，千重嶂，嶂嶂披上原始森林、次生林，林壑优美，更有仙风道骨的不老松，屹立在山巅。在岛心，在水旁，不时可闻松涛阵阵。在三五月明之夜，月光照松间，三五伙伴，或漫步或静坐，人间难得几回历。

仙湖之美，胜在湖光。一泓碧水，环绕在苍山翠岭的怀抱，水色随四时而变，随晨昏而变，随阴晴而变，时而碧绿，时而清澈，时而青黛，时而澄明。湖间坐落着一座座小岛，即便半湖水，裸露岛腰，也不失浮槎之美，不失仙人打坐之美。

仙湖之美，胜在有一道巍峨险固的堤坝。信步坝上，之上观烟波浩渺，山环水抱；之下瞰深涧长溪，水落石出；环望高山驰列，秀峰耸立，远山如黛，近岭苍翠。临水凭栏，断崖俯察，平湖含山入眼界，秀林接水出云天。壮哉！

早春二月，仙湖春光正好。宜泡一壶明前茶，在山巅湖坝之上，在水岸，在松树下，在林野深处，一饱湖光，一品春茗，一读王维，身心飘逸，恍惚融于仙湖仙山仙境之中，不问春日迟迟。

多少年来，遍游名山大川大湖，归来再看家乡山水，还觉仙湖最具魅力，百看不厌，百游不怠。不禁想到李白的名句："阳春召我以烟景，大块假我以文章。"

怪不得，本土作家蔡少尤对家乡山水屡屡赞叹不绝，认为八甲灵山秀水，风物超卓，独领风骚。听他衷心的评赞，引以为豪。

二月仙湖，春水萌动，展露迷人风姿，吸引遐迩游客，饱览秀色，夕照缓缓归。

2021 年 4 月

夜色乡间一杯酒

猪入圈、鸡入舍时分，乡村的小路麻黑麻黑，一家人正从老家向对面村的福悠垌三哥家走去，饮他老家的入伙喜酒。

多年没走的这条曾经熟络的坡地路，居然生分了，天黑路陌，走错了几个岔道，兜兜转转，终于摸到三哥的老家。

喝得有点高的三哥，早在村口吆喝着，待我走近时，他孔武有力的双臂紧紧箍住我疲惫的身躯，让我动弹不得，任由他扯着走向通往他家的塘基。我懂，这是同窗、乡党兼亲戚的情分使然。

他的老家在一口偌大的风水塘塘边。平常时，乡村之夜墨黑，孤清寂寞。而今晚不然，三哥兄弟新盖的这栋乡村别墅，将于明早凌晨入伙，今晚亲朋满座，喜气盈门。

穿过迷茫的夜色，一眼瞄到一座高楼灯火通明，将塘面照得雪亮。愈行愈近，依稀可见门前影影绰绰，酒席进行时，熙熙攘攘，觥筹交错。我们穿过熟悉或不熟悉的人群，直奔最尽头的一桌，几位发小早已等候。

饮酒，又不饮酒，三哥、三嫂、书记、青佬、声哥从四面八方奔来，聚集在一张小小的八仙桌周围。看得出，声音嘶哑的三哥很兴奋，兄弟情怀寓于三杯酒、五杯茶、毫不拘谨的吆喝中。仿佛，我们饮的不是酒，也不是寂寞，是永远回不去的少年情谊。曾记否，几个小伙伴一起赤脚到罗城读小学，又一起搭着他父亲那台绑着长长木板尾搭的 28 寸凤凰单车，走过我家门口，走过胶场，撑上坡上的八中，3年，5年……到如今又是多少年？人大了，各自一隅，过自己的人生，安自己的家庭，见面稀疏了，而少年青年时结下的缘分千山难隔。

今天还是一个特殊的日子，一厢喜庆，一厢离愁，我的一位更高年级的同窗、一位领导同事，今天离开阳春，到市里任职，新旧交替。当我听见他的离别感言"我轻轻地走，不带走一丝云彩，却带走同志们的情谊……正如我轻轻的来"时，犹记那年盛夏来，今年惜别正深冬，4年过半的光阴，一转眼就过去，任凭我七尺汉子，泪水亦夺眶而出。

此刻，在乡间，站立门坪，仰望夜空，灰云飘忽，月色暗淡，一阵一阵的夜风，削刮着我的脸，将心事打乱，碎了一地。

俯首低身，一一重拾，整理好，使我趋向理性，随同这夜冷清冷静。

高速就在老家门口，夜渐深，踏上新路，走向我在城的另一个家。

但愿这夜色美好，融和离合；但愿乡党、同窗各自安好，无论在家乡，在异乡，我们都是彼此牵动的一朵云、一片叶子，始终怀着一颗初心。

2018 年 2 月

路上，偶遇走鸡事件

我们在路上，在乡村，在城市，在人生之途，所见、所闻，有趣的，没趣的，开怀的，忧伤的，无不遇见。

我遇上走鸡事件经过是这样的。

那天下午，在上班路上赶，因不言而喻的缘故，打今年来，城区的路愈加挤塞了，塞得比沙丁鱼罐头还满，上下班时段尤甚。一般人只顾埋头赶路，哪有心绪搭理路上的闲事。可是路上偏偏让你遇见，甭管你爱理不理。

过了三桥，一只鸡从空中飞了下来，黄褐色的羽翼，红艳艳的颈垂，分明是一只母鸡，扑打着双翅，咯咯咯地歌唱，滑翔式丝毫无差地落在指定位置，恰好在我车的前头，我机灵地避过。后面接踵而来的车，也仿效我，唯恐避闪不及，恐防有诈。川流不息的车流中，谁能停下来捉一只鸡？

这时你会怎么想，或是如何做？我不管，我走了几百米路后，骤然发现前头的一辆货车，拉着满满一车鸡，这些鸡被装在一只只四四方方的塑料笼子里，重重叠叠，裸露在青天白日之下。我猜，是哪个笼子出现了问题，这只聪明的鸡看出了破绽，先行逃生了。又或者不是，是天外来客，飞来之鸡。毛主席说，没有调查，没有发言权。

基于我第一个判断占了上风，我的反应是，不断鸣喇叭，拼命打双闪灯，然后试图超过这辆破车，这个冒失鬼。我打开车窗，示意破车司机停下，可是徒劳。不知那时那司机是怎么想的，以为遇上了一个车匪路霸？或者是骗子、碰瓷的？这想法很正常，换上我也会，依然坚毅前进，坚决不上当，坚决不信邪。又或者他确定他不会走鸡的。

不管结果如何，我还是努力尝试了，努力做个好人，可是人家不给你这个机会，你还逞啥英雄呢？

假设在乡下，在乡下的公路，遇到同样的走鸡，事件的经过和结果会是怎样的？假如路上掉下一头牛，在城市会怎样，在乡村又会怎样？似乎有答案，似乎无答案。

世界上本不存在如果、假设，遇上就上了，没有如果，没有理由。

2018 年 10 月

在乡土的角落踯躅

　　乡土的版图辽阔，河流、山岭、原坡、竹林、墟边……无处不是。回过头来看，一切似乎很渺小，山不再高，河不再深，坡不再陡，路不再远，出墟边也只是一两分钟的事，一切似乎不屑一顾，等闲视之。而这不过是眼下的家乡，另一个家乡在心灵，在年月尘封的深处，时隐时现，与现实愈行愈远，看不见，摸不着，乡土遐遐，却无时不魂牵梦萦。

　　秋草黄尽，年序向冬行。天阴了，不时滴落几点雨，乡关沉寂，偶尔听见摩托车倏忽而过，路上很少遇见乡亲，邻居也是，他们都到哪去了？

　　一拨顽童在屋巷游戏打闹，时哭时笑，我不认得他们，他们也愕然望着我，潜台词是：这位大叔谁啊？

　　村落太寂寞，我在乡土的角落踯躅，试图睹物思人、忆事，那些逝去的，或仍存在的。此刻，视角和心灵变得无比默契。

　　满目青绿之处是母亲曾经的菜园，远去了。那甜薯地是父亲的，藤叶干枯，正当收获，我却没有一丝获得感，因为那是别人在荒闲的土地里的收成。那道葳蕤的生机盎然的植物长城是念伯家的木薯，幼小时青少年时母亲也种过很多，在偏荒的岭边开垦种地，一年也有几担的收成，切成片块，晒在屋背的山地堂上，白蒙蒙的银锭一般。那是小时候我们主打的副食，也是猪的主食，那是遥远的事情。

　　那片玉米干枯了，让我想起北方的青纱帐，干干瘦瘦，枝叶耷拉，一片肃杀的景象，不由得使我记起《追风筝的人》里的瘦玉米，貌似我家从没有种过玉米。

这块番薯地确实是我家的，秋收时节，番薯也挖得了。这是毫不起眼的小地块，微薄的收获，稍带获得感，也颇具失落感。我家几块大地，丁方四正，位于坡顶的中央，小时候跟随父母叔婶躬耕于此，从薯苗到除草到开挖，从晨曦到朝阳到日当午到黄昏，从酷暑到严寒，流水而过的每一道工序，洒下的每一滴汗水，父母的每一个表情，每一种欢欣和忧虑，无不在土地上留下烙印。不管我见不见证，骨子里始终留痕。我不得知，那几块大地被何人种了。每一次回乡，会惯性行去坡顶，寻找归属于我的大地，我的大地记忆，就像莫言的高密红高粱情怀。

我还会一如既往地在乡土的角落行走，那些曾谙的风物，看得见的，看不见的，皆成过往。

那个写下《挪威的森林》的作家说过，人的一生，都在苦苦寻找一种东西，一种明明寻找不着，却从未放弃的东西。那个和我同年代的作家付秀莹一直写她的芳村，河北平原上一个寻常不过的山村，她说她的一切掉在那里了。她以带有草药味的文字，一篇又一篇地描绘出来，试图找寻它们，却邈邈了。读《陌上》可知，她一直在路上踯躅。

2018 年 12 月

站在三桥看烟花

小城，这座大桥，来来往往，我走过了十几年，熟悉如故，亲切如初。

今晚，年初二之夜，从河东走过，站在三桥之上，凝望眼下在暗黑中流淌的江水，发现它从未如此美丽过，从未如此富丽堂皇过，两岸的霓虹灯闪烁，不迭升腾朵朵璀璨的烟花，在漆黑的空中曼舞，让人看得真切，仿佛伸手可握。人说，烟花易冷易逝，我以为不然，在这可遇不可求的良夜，它是最好的画景，给人以祥和的暖感。想起2012年的今晚，那个烟花之夜结束后，我徜徉在河边，手持单反相机，在四处寻景时，市长一家三口闯入我镜头，一张珍贵的全家福产生了，在偶然中捕获美好，这没有什么不好。

"美丽的阳春，多情的土地""走进阳春，走进春天"，这两句应景而生的广告语，闯进阳春人的生活已经十四五年了，倍感亲切。我在最新一期《文化阳春》的卷首语《阳春召我以梦景》中，便以之作引子。临近春节，我亲眼所见，市政公司的工人，在川流不息的桥面作业，为让这两句广告牌焕然一新，在新的一年更加喜庆，他们蛮拼的，让人肃然起敬。

这一刻，汽车疾驰，宛如光阴，车灯闪烁，宛如故事。这一切，急或缓，在这新年的夜色中展开，不管期待或排斥，你都得一一接受。

2018 年 2 月

走过漠阳江边的坡地

近傍晚，乌云漫天，山风呼啸，山雨欲来，我正在这片坡地上行进，从浅浅的边缘，迈向秋天庄稼青黄的一片广袤坡地。

一条道路向绿野深处蔓延，视野的尽头，绝非路的尽头，绿海浩渺，吞噬路向，没有方位，不见路人，不闻飞鸟，一股未曾出现过的荒芜感，迎面袭人，如蚁噬心，身置眼前，现实无感。

黄豇豆地正深，红豇豆地也正深，有满天星的豆花黄，也有藏匿在绿豆叶丛的青豆荚，也有青转紫的半熟豆荚，物稠旺相，充满生机，丰饶极了，这是夏秋由盛茂转向收获的自然回馈。

抬头仰望苍穹，举目东头村，楼宇参差，桃叶已黄。历史感倏忽飘来，记忆从休眠状复苏，走马还寻旧岁村。

曾几何时，这块偌大的坡地，这片纵横十里八里的庄稼地，东头连接芭蕉茂密的村屋，不时走出三两个朴实的老妪，到红绿相间的西红柿地，或一棵棵黄蔫蔫的白菜地里侍弄，腰弓，身偻。通常黄昏时分，我们一家会买下她们的庄稼，或捧或端，一步一步返回城北的家。

那阵子，一周总会来那么三两回，像一只或数只不知疲倦的鸟，往返于栖息地与疗养地之间。希冀那片新野能够一点一点地疗养不可名状的苦疾，彼此吐纳，枯木逢春，从春到夏，夏而秋而冬。年深日久，坡地一草一木，或稼或稿，皆有情谊，从相伴到相助，共携手向未来。

世事纷繁，漠阳江东岸的这方良土，早已被开发商相中，或三年五载，此坡或被抹去，此地或起高楼，或成闹市，原路或通向辽远。

我想留住，这片经年互动过的芳草地、庄稼绿、有故事有温情的城市绿洲。我想留白，广阔的心灵地带，风景旧曾谙，好吗？

2018 年 9 月

后巷花草记

后巷的半边，野草葳蕤生长，已非两年前私家占据的菜地了。

去年，隆隆的钩机三下五除二刨去了私种菜地的污泥，跟着泥头车回填了一车又一车从外面拉回的新泥，打造了耳目一新的一块公共绿化地，新生了许多花草。

记不清了，从何时起，地里长出这许多野草植物，以往我只是粗略地浏览这片绿地，会无关痛痒地用养眼啊清雅啊之类的词汇赞叹。

打这个春节以来，我改变了这种粗放的看法，特别是年三十那晚天将煞黑时，隔壁屋的凤姨带着她从深圳归家过年的大女儿，蹲在后巷草地边缘摸索。我问找啥呢凤姨，凤姨有点不好意思，说在地里找一些狗耳朵苟（鱼腥草），过年煲汤吃，清肺止咳。

哦哦，我一直没留意呢，这后巷的青草地，会长着这么个宝贝，倒记得在农村生活时，咳嗽时，阿婆、爸妈要去好远的田垌细细寻找，才得一二。

就这般思忖着，眼睛朝凤姨的脚印寻去，在麻蒙的暮色下，果然发现还有漏网之鱼，一株，一株，诸多株，趴在百草丛中的鱼腥草。

这几天，但凡天气好点，饭前饭后，我都会靠近这片绿地，用心用眼扫描每一寸土地、每一棵植物，就像拉大拖、拉中拖、拉小拖刮鱼塘的鱼，必得大大小小的收获，有意外的惊喜。

你看，有阔叶招摇的野苋菜，也有一丛一丛茂密长起的五月艾，也有乡村传统食物艾粑的食材二月艾，也有紫红的药材植物紫苏，也有香草薄荷，也有咽喉疾良药天星草，也有倔强遍地长的大叶草，也有点点花黄的蒲公英，也有许许多多的无名花草。

知名的，还是不知名的，它们不知缘从何起，却一往而情深，齐刷刷地集聚在这一两分土地里，指定要绿化后巷，要与我们来一场不速的相会，尤其在这个冬季里，相识不易，相聚太难，而我们却朝夕相处，度过这段晦暗的日子，一起迎候春暖花开，相拥春天。

须记得，我们一起走过的日子，我的花草芳邻们。

2020 年 2 月

人间百味是冬至

冬至如期，阳春又来。

今天，最短的昼，伴随最长的夜。朝阳应了节气，时而露脸，时而躲藏，几分寒意，几分暖和，在冬至日弥漫开来，制造出一个阴阳平衡的景象。

注定是起早而忙碌的一天。做罢家务，我便到百米外的市场逛早市；路口、街边，摆满了卖鸡的、卖汤圆的、卖生果的、卖成衣的，档档都有买卖，讨价还价声不息，南腔北调的，以本地话为多，人气以汤圆档最盛。平时座无虚席的麻雀馆，今日门可罗雀，让渡吧，俗话说冬大过年。

逛毕市场，天色还早，行过西侧的那条直街。这是居民私宅区，凭着市场的地缘，带旺了临街的麻雀馆、半手工半机械作坊、快递店，以及应节的一些营生。

走到一排门坪宽阔的人家前，早前几家共享门前的一块大绿化地，后来一户一户圈成独立的私家花园，进入私家车时代，他们又不得不拆开花园，停泊车辆。

我驻足在最靠边的一户，一栋四层小楼，阳台上姹紫嫣红，楼侧的宽巷可以过车，门前一棵老芒果树，树龄应比楼房老，庭院里栽了三角梅、桂花树、柠檬、兰花等，疏落有致，怎么看怎么顺眼。平常，有好几回顺道路过，也会打量一下这家楼房，瞧几眼庭院的百花，显然被主人精心照料过，繁盛而多姿，是市场侧街最美的一处风景。

今天凑巧，见到了楼房主人，60多岁的老伯，身材硬朗，说话有板有眼，此刻，他正站着指导一位工人整理花圃的排水设施。在他俩的对话中，我获得了一些信息，主人说客家话的，工人也是，彼此言谈默契，该是老主顾了。

见我凑近，主人家并不顾忌，主动和我打招呼，寒暄，说一些冬至的事，聊他家院子的花木景观，相谈甚欢。所谓的邻居，多是地域上的，点头之交而已，相安无事，是当下大多居民相处的中庸之道吧。

素不相识的人，谈谈浅尝辄止，走过这条街，只见有在门前蹲或坐着劏鸡的，有在门口摆了三牲汤圆拜奉的，也有刚从市场买了汤圆赶回家……冬至气象，众生百态。

回到家门，见了对面邻居正请了工人装修门面。几天前，他家门面墙的大块瓷砖脱落了，连同对联一起，显得破败不堪。今天工人加速贴砖，赶过节日，快竣工的样子，焕然一新，主人左看右睇，满意盈盈，毕竟门面事大。

就这样走着看着，已过半朝，"天时人事日相催，冬至阳生春又至"，古诗说得美妙，历久弥新。

昨天，回老家仙湖走了一趟，沐浴了飘逸的仙气。今天，在人间，饱尝了冬至百姓的地气和烟火气。人说，人间至味是清欢。我道，人间百味是冬至。

2020 年 12 月

谁在乡土活过

谁在乡村走过

多少年了，多少代了

这方乡土，记住了谁

Chapter 2　乡　土　流　芳

·
·
·

默默坚持拂晓前的奔跑

芬芳的乡土

立秋过后，便是漠阳江两岸秋花生的收获季，也是乡间油坊秋榨的开端，阡陌交通，乡亲们挑着一担担、用车载着一包包花生出去；归来时，转换成一坛坛、一桶桶金黄色的浓香清油，一幅温馨喜人的图景！

这一年，时近中秋，午后的阳光慵懒，心境闲适。心想，走一趟乡间吧，感受一年一度醉人的景象，也可买些秋豆油回来，或自家吃，或送给城里的亲朋，不亦乐乎！于是骑上那辆红色本田 125CC 摩托，"突突突"驰行在漠阳江中游的乡村。

一路，醇香散漫于乡野，调和着乡土的芬芳，骑车走过一间又一间油坊，不时地停车，手搭凉棚，瞄一眼是否有熟识的乡亲，嗅一嗅新出的油纯不纯。上酒店下馆子，食客们忧心的，莫过于食油。君不见，好些饭馆酒楼的门前，堂而皇之打上"本酒店采用纯正花生油炒菜"的招牌招揽食客，反招"此地无银三百两"之虞。

来到一座不知名的村庄，一间不起眼的榨油铺，屋檐低矮，坐落于乡村的秋色中，一串串脆生生的笑谈声从中飘出，引我朝油铺走近，再走近。屋里头，三五农家妇女，悠然坐在装满干花生的箩面，说长道短，无非是谁家的媳妇长得俊俏，谁家的老公会赚钱又听老婆话，谁谁的家公家婆嫌弃儿媳生了女婴而性情骤变……咸咸淡淡、琐琐碎碎的乡村家事呵，在村妇的嘴里发酵，摔出去，就像开墟一样喧闹，不欲惊扰其自得其乐的氛围，直至我直挺挺地站立于她们面前。

　　最靠近门口的，是一位皮肤黝黑的中年妇女，额头汗珠渗然，带着乡土的质朴，见到我倏忽站起，不慌不忙地问："老板买油吓？"

　　"嗯嗯，来看看。"我世故地应对着，顺便扫一眼她箩筐里的花生：颗粒适中而匀称，跟油铺里堆成小山似的北方花生有迥然的区别。

　　我随手拿起数颗，用力掰开，豆仁粉红，嚼之，嚼出一股熟悉的家乡滋味，脆甜香。我本农家子，家里也点花生，暑期随父母挑着一担又一担的花生，去邻村的油槽铺榨油，目染滴滴香油出世的艰辛流程，珍之惜之，织罗成难忘的青少年往事。

　　思忆中，我打量着眼前这位与母亲当年年岁相仿的妇女，亲切如昨，情不自禁地问："你们是哪条村的？花生是自家种的吗？"

　　"凤朗的，花生是自家地种的，不施呋喃丹农药，榨得百来斤油，往年仅够自家吃。"

　　"这么说你的油不卖吗？"我顿生好奇。

　　"往年不卖，今年两个孩子到城里上中学了，家里吃不完，会卖几十斤。"

　　"卖多少钱一斤？"

　　"刚榨出的新油，有点油渣，15块吧，便宜一点卖给你。"

　　时下的油价，我心中有数，她开价公道，决意买了。她说，得等等喔，榨油等排队，约莫一个时辰才轮到她，要么我在油铺等等，要么过一会再来。

　　我寻思着，邻近山坡老刘的火龙果场，隔了一段时日没去了，何不利用这段空隙，拜访一下他？想着时，心里似乎不踏实，揣度着这妇女会不会趁我不在场时以劣充好，或混杂北豆油卖与我？一丝踌躇掠过我额头，而这稍纵即逝的细微信息，似乎很快被她洞察，随即以一种藐视而超然的口吻与我说："老板，你放心好了，我叫阿萍，凤朗村的，油铺的人都识得我，我们乡间人，虽然穷，但间杂掺假伤天害理的事，是不会做的！"边说边以自信的目光环视一圈之前和她聊天的同伴们，引起了她们的共鸣。

将信将疑，我说好，一会油榨好了便打我手机，随即告知我姓甚和手机号，然后跨上我的铁马，轰隆隆地奔向 2 里地远的老刘果园。

火龙果是中秋节的应节佳果，老刘的果场五六十亩，一垄一垄种着台湾品种的红肉果，以发酵的猪粪制造有机肥料，果肉清甜，颇受珠三角的客户青睐。犹记五六年前，我偶然到了这果场，拍摄生长在利剑戟般枝条勒刺上的一只只小灯笼似的红亮果子，老刘待我一见如故。往后，我常来走走，用手机拍拍，在 QQ 上晒晒配上我抒情文字的美图，现卖老刘的佳果和故事，总会引来一拨一拨的友情围观。我们因而成为把酒言欢的朋友，每次我来时，连果场那三条猛犬也会摆着尾巴迎接我。这一天，时光缓缓，品果、别谈，乡土田园之趣盎然，一时将凡尘俗事湮没。

一阵耳熟的手机铃声响起，俗事扰我来了，阿萍说，油榨好了。

作别果场主人，我的铁骑飞一般驮我回油铺。油已装满，两桶，桶盖未盖，熟悉的香气猛烈撞击着我的鼻孔，那是家乡的芬芳，是母亲的味道，我始信阿萍的诚实。将其置于车尾，我以胶带将油桶扎紧。阿萍叮嘱我到家后赶紧打开桶盖，让油凉快，要不油温过高塑料桶会爆炸，我惊恐中谨记。

到家，旋即拧开桶盖，芳香引四邻，他们纷纷赞我买的油靓。飘飘然间，阿萍的电话打来了，她急促地与我说，老板对不起，刚才多收了你的钱，油铺的油桶是 5 块一只，当 10 块一只算了，多收的 10 块钱退还给你。我说算了吧，10 块钱能做什么呢？说罢我收线了。

翌日上午，我上着班，忙碌着一天的事务。却再次接到阿萍的来电，说她入城了，问我在哪上班。我说我忙着呢。她说没关系，你出来一下就好。我辞托不得，只得告之。

四五分钟后，阿萍骑着摩托车，风尘仆仆来到我单位楼下，忙不迭地说对不起，边说着边打开摩托车尾斗，拎出一个手袋，从袋里抽出 10 块钱塞给我。刹那间，我无法言语，百感交集。

我攥着一张 10 元纸币，转身欲走。"老板等等！"我转过身躯，见阿萍面有愧色，低头说事……

昨夜，阿萍跟家人说起卖油事儿，家翁得知买油者同姓时，又喜又怒，责怪阿萍不该将新油卖给本家，新油未滤清就卖，不公不诚，责令阿萍装好两斤油给我，以弥补我之"损失"。

阿萍听家翁一席言，愧疚了一宿，次日清早，便遵照家翁旨意，带好两瓶油，骑摩托赶了16公里乡村小路，找我"还数"。

说罢原委，阿萍便从摩托车后箱里取出两瓶油，硬要塞给我，我推辞、躲开，却为她一句真诚的话所动：如果你不收下，我家翁的良心过不去，我也更羞愧！

接过油的那一刻，我心花腾放，阿萍黝黑的脸也露出了笑容，像一朵黑玫瑰，于无声处绽放。只听她留下一句："不阻你工作啦。"即转身、加油，"呜"一声驶去。

眨眼间，阿萍和她的车淹没在街市的人流中，我提着两瓶油，怔怔地站于原地，余香在手，不绝如缕。

阿萍是谁？风朗村在哪？她家翁长何模样？秋风轻拂，我不住叩问，思绪在风中飞扬，我遇见了最好的遇见，在漠阳两岸的乡土。

2014 年 9 月

（该文刊载于广东省作协杂志《作品》2014 年版）

给我一杯水啊一杯暖心水

每每，记起那年冬天一段冰寒的日子，心里就暖意如春。那天傍晚，我下班走在三桥路上，突然接到尚在深圳打工的久未谋面的堂妹来电，焦虑地说她小儿子患了急性脑炎，转入县人民医院就医了，嘱我抽空看望，嘱我找找相熟的医生。

冷雨飘飞，我飞一般往医院赶。在住院部一间内科病房，一个瘦小孱弱的孩子，短短的头发，尖尖的腮儿，目珠呆滞无神，安静地躺在病榻，苍白的被子盖在身上，床头的不锈钢撑挂着几瓶大瓶水，针管扎进伸出被窝外麻骨般大小的手腕。冰冷、心塞、忐忑、惴惴不安，侵我心肺。照料他的，是他爸爸，一名年轻的乡村理发师，头发染上新潮的薰衣草紫色，见我进来，便把嘴附在孩子耳边，柔柔地喊他：舅父来咧！

孩子听到后一骨碌起身来，用呆滞的双眼望着我的眼睛，霎时，我读懂了他的期盼，一种渴望的光芒。随之，我听到一句羞涩的弱弱的招呼语：舅父来啦！

我揣测，或是他家人预先教了他的，抑或不是，病弱的孩子，让人天生怜悯。我边应着边靠近他床头，轻抚他的额头及小手，询问他的景况。他眨着细长的睫毛，用崖话（客家话）一字一句地说与我听，他叫京国，10岁大，在乡村小学读三年级。我说了一些宽慰的话语，他的眼神中充满信心，在病中，在这个特别的场所。

我说离开一会儿。一会儿，我带了一名熟识的医生，回到他病房，我们亲切地交谈着，谈及他的病情和鼓舞人心的治疗前景。他的眼珠瞬时灵动起来，仿佛遇到救星，可以解救他脱离险境。又一会儿，孩子的点滴滴完，护士拔下针头，用一根棉签堵住针口，教他以另一只小手摁紧。我关注着他的一举一动，三五分钟后，他松手扔掉那根棉签后，便缓缓地翻身下床，在床头柜的抽屉找到一次性胶杯，无声无息地蹒跚地行出病房门口，然后，双手捧回一杯热气腾腾的白开水，小心谨慎地递予我，轻轻说声：舅父喝水。

他出人意料之举，即刻感动了我那颗麻木的心灵，开始只是以为孩子口渴了，自己出去倒水喝，而那时他的爸爸在拨弄着手机。不知这是否算感恩？我未曾谙熟儿童心理，但当我双手接过那杯水时，感到一种暖流，霎时在身躯的每一条血管内流淌。

感慨所处的时代，多少家长，煞费心机，让孩子背古诗、读国学，冀得素质。可遍观现实，有多少人可得到呢？在功利的社会，多少家长直言，孩子不学坏便是成功。这是多么无奈的期望啊！而小京国，母亲长年漂泊在外，父亲日夜在墟场理发赚钱，他唯有跟着阿公阿婆住在乡间，没有读《弟子规》《千字文》，仅靠长辈的言传身教，便有如此出色的表现。我联想古代为父温席的小黄香、让梨于兄的小孔融，同样的聪明懂事，是否为人之初，性本善呢？

懂事孩子惹人爱。此后，不管工作多忙多累，我总会坚持每天下班后都到医院去看他，或送点汤水，或陪他说话。他妈妈悄悄告诉我，每当我从病房看罢他回去时，他总会临窗俯视，守候我的身影进入他的视线，目送我走远，才返回病床……

经过半个月的悉心治疗，孩子痊愈了。出院那天，我一早便去医院接他，送他到车站搭车回家。我驶车穿过繁华的街市，摆脱病魔的他，心情雀跃，东张西望，无比兴奋。堂妹对我说，他是头一回到县城，我暗想还因生病的缘故呢，心酸着。他搭上汽车，眼神一刻不停地凝望着我，眼眶泛起含着体温的泪珠，隔着玻璃车窗，挥摆着小手，汽车一秒一秒地在移动，依稀可见他的头，贴近座位上方的玻璃窗，晃动着，恍惚着，一点一点消失于我的视线之外。

我的心绪被远去的汽车牵走，下一次见他，不知在何时何地，或一年半载，或更久远，或在家乡，或在异地，届时容貌迥然，品性如何？不得而知。但他于病榻中爬起为我倒一杯水的一幕，我会铭记一生，感动一生。祈愿，那颗幼小的感恩的心，坚如磐石。

2017 年 2 月

那个姓盘的瑶族年轻人

传说，与一个人相遇，是一种前世修来的缘。这次跋涉甘竹大山深处的冷坑，与这个年轻人相遇，便是印证。他穿着一套浅绿色的登山服，留着小分头，身材匀称，脸瓜圆胖，一派拘谨的样子，仿佛对风景熟视无睹，也不预备与他人发生一切可知的联系。

他，一路尾随我，无论来或回，旅伴或已忽略他的存在。而引我关注的是，他手中一直拎着一个胶纸袋，左顾右盼，时而停下，时而弯腰，徒手将沿路溪涧的草纸、果皮、饮料盒子等捡起，放进手中拎着的那个胶袋子里。我曾亲眼所见泰山、华山、黄山等名山上那些不畏劳苦与艰险的清洁工，他们堪称景区美的使者。而在这座未被开发的荒山野岭，怎么会有清洁工呢？我有些不解。

旅途中，我的同伴累了，坐于溪畔歇息。那名年轻的"清洁工"，轻轻放下手中那袋装满垃圾的胶袋，主动上前，为有需要的陌生的旅伴刮去刺在裤子上的草谷或棘勒，他半蹲于地，小心翼翼而不乏专业，神性专注，萌萌的模样，令谁都会心生感动的。

曲径通幽，风景不曾谙。这位可敬可爱的"清洁工"及他的一举一动，是一道风景线，很美！

或受他影响，弯弯的山道上，我竟也不自觉地捡起垃圾来。那些随我们一起行山的乡亲们，也动手将沿途所见的废弃垃圾放进蛇皮袋里，我的同伴则不随手扔垃圾了，掖着，藏着，带下山去，孩子们在前后活蹦乱跳的。那情景，暖心。

我与这个年轻人，一前一后，踏着同样的脚步，做着同样的事。忘记了从何时起，我和他攀谈了起来。惊诧地得知，他非清洁工，也非村民，而是一名村干部，姓盘，刚刚在深山上见过的那座盘氏宗祠，正是他家族的祠堂。谈起他的民族——瑶族的来龙去脉，历史上几次的灾难，祖上出过的大人物，他竟说得头头是道，有血有脉，有喜有悲。让我对这个民族有了新的认识和进一步的好感，对他亦刮目相看。眼前这位年轻人，仿佛已从一名清洁工蜕变为一位地方史志土专家。我问他，平时你会写点什么吗？他腼腆地笑笑，说还没有。我说你不打算将你知道的瑶族传奇写出来，让外人更多地关注你们多灾多难而又百折不挠的民族吗？他像一张被激活的手机卡，顿时灵动起来，连说好好。就这样，谈开去，我和这名村干部慢慢热络，直至互道姓名和电话，加了微信，相约日后若相见，我们可以喝上几杯，畅谈往事。

到山脚，我被领队安排上了一辆五菱微型车，令我颇觉奇巧的是，司机竟然是原来的"清洁工"、现在的谙熟自己民族的土专家、村干部小盘！坐在二排座上，我一眼瞥见司机座后挂着一个猩红的证件，上面的字分外瞩目。我惊诧地问，这是你吗？他腼腆地答，是的，上届的市党代表，本届的县（县级市）党代表。此刻，我已无言，只听见车声辚辚。

送我们回到云帘村委会后，道别时，我们来了一个紧紧的拥抱，对彼此说，说好喝酒的呵。这个璞玉一般的年轻人，隐藏着高大上的光环，默默干着看似卑微的琐事，在母亲河漠阳江源头，我遇到了最美的风景。冷坑，暖境。

2016 年 11 月

谢公故里问清风

仲春，南粤漠阳两岸，飞花生树，百鸟穿林，正是怀贤追远时节，这片古老而多情的土地，到处巡演新编的粤剧《番薯县官》，清风拂面。身为乡邑后辈，更兼为纪检干部，我连看两场，对剧中这位被当地百姓誉为"番薯县官"的先贤高山仰止。

首次观看《番薯县官》的翌日，恰好周六，我携家人，驾车 20 余公里至岗美轮水。风景旧曾谙，新春江公路通车前，不知路过轮水多少回，却一直未知此地曾出了被"两湖"百姓誉为"谢青天""番薯县官"的廉吏，以己陋闻，惭愧不已。

走进稍为杂乱的阳春市轮水墟，茫然一片，不知"谢青天"故居何处。向身旁一位卖甘蔗的农妇打探，她立马作答，是水寨吧，那里有谢姓大宗祠，出过大官。边说边手指墟东方位。车子缓缓移动在熙熙攘攘的轮水街头，街尽处，是一个三岔口，街边一位人家热心指点，左边一条村道进去，看见溪塘环绕古屋的村庄，便是。前行路窄而弯多，竹木盛而荫翳，心生局促之感。疑惑间，眼前豁然开朗，田野开阔，绿水绕郭，好一处美妙的人间境地！

心想，此处该是谢仲埙的故里吧。

往村落远眺，三座青砖黛瓦宗祠建筑，左中右一字摆开，气势巍然。祠前堂地阔敞，阡陌交错，一座青砖门楼虎立于宗祠一隅，拱门洞开，大红底墨字对联：轮圆金镜满，溪碧玉波清。拱门曰：轮溪里。分外醒目。

朝门楼走去，只见屋舍井然，间有残壁。穿行在幽清境地，忽闻小猪嗷叫，从古屋中走出一位中年男子。待我禀明来意后，他谦逊地说，这里正是八世公谢仲埙的家乡及祖上宗祠！在轮水墟中想象踏破铁鞋，得来全不费工夫。

在闻讯而来的谢氏宗祠理事谢国荣的引领下，我们得以观瞻谢氏三座宗祠。侧重为最左边的谢氏宗祠，一大门联很耀眼：衣冠文物流千派，事业经纶第一门。字里透出名门望族气派！正堂前朱红屏风高悬许多的金字青底功名牌匾，让人崇敬。我瞩目于其中两块，一曰"明通进士"，一曰"解元"，皆示为谢仲埙的功名。墙壁上有他为官的简略圆框画，回廊桌面上资料摆得满满的，我浏览阅过，关于谢仲埙的居多，有《清史稿》载略，有后人评说。一本名为《湖南平江风情》的刊物载有湖南作家张步真撰写的《将红薯引进平江的县太爷》，引我注目，文中考据谢仲埙县令"躬行阡陌，慰劳辛勤"劝种阳春番薯之事略；一典籍还载其"爱民重士、自奉如寒素"；《平江县志》亦载其"功侔诞降，邑人祠祀之"，谢县令德政，当地黎民百姓视同上天再生之恩，世代无忘。宗祠里外处处弥漫着"番薯县令"的气息。这些流传于民间、族群及为官之地的故事，更加丰满、可信、感人。祠堂内陈列着众多的谢氏物证，我不及详考谢氏之祖源，无暇细阅谢族功名明细，也不敢妄评后人捐助之多寡，只为追慕谢仲埙的德风亮节而来。

宗祠白壁上有"清白流芳"牌匾，是百姓献给仲埙先祖步川公的。读匾可知，步川当过江西宁江审理政，为政清白，获百姓爱戴而赠匾。谢族后人足惜，代代流传，及公之清白之风。驻足匾下，引我思索：

粤剧《番薯县令》情节中，谢仲埙自幼立下"肩横扁担挑天下，放眼风云靖九州"之鸿鹄志，而后名登黄榜，中解元升进士，获朝廷委任湖南平江县令，任上因番薯救灾、引植春邑种薯、设"番薯宴"治腐、不畏奸党、巧治冤狱、为民请命之铿锵大声惊动乾隆圣上，诏命赴京。其杰出的政绩被写入《清史稿·谢仲埙传》，青史流芳。

看戏归来思难抑。阅县志，搜百度，试图穿越谢公的年代，步趋谢公之风。翌日，就这样走进了谢公乡梓。

穿行在这座古村落中，聆听水寨乡贤的口述，翻阅谢氏族谱史料，知悉谢公在"两湖"为官清正廉明、实干有为。归亲时，广州官场传言其必"满载而归"，两广总督授意税官开箱验物，20箱竟全然古籍和破衣物。面对江水横秋，小女谢方端潸然落泪，泼墨疾诗："……父母有恩留泽梦，楼台天地起天涯。七蕃刺郡多殊锡，廿口为家少立锥。廉史可为而未可，渊明何日辟东篱？"身随父亲宦游异乡的谢小楼（方端），深谙父亲的官德人品，46载他乡为官23州县，两袖清风归老，却横遭本乡税吏贪开箱之"礼遇"，怎不怆然泪下、喟然长叹、悲伤世俗！

　　徘徊于谢氏三座大宗祠的檐前巷后，耳畔响起粤剧中谢公那一句"为官不为民做主，不如回家卖红薯"的台词，仿佛掷地有声。时下党中央全面从严治党、铁腕治腐之浩然清风，与之遥相呼应，令人击案。古训云："任凭声名煊赫，人品心术不能瞒过史官。"尝观当代周永康、令计划之辈，居庙堂之高，结党阴谋，妄图"家天下"，其结局遗臭万年。闻古语曰："孝子忠臣，是天地正气所钟。"阳春一邑史上不知出过多少官吏，能为百姓记戴、方志留名的，当数李惟扬、谢仲埌、梁镇南、梁应材、谭敬昭等寥寥之众，他们做人为官，精忠报国、清正廉明、为民做主的史绩，数百年光阴过去，不但没有湮灭，更是历久弥新。君不见，阳江市、阳春市纪委、市文体局、市文联等部门契合时代潮流，新编粤剧《番薯县令》，巡演岭南大地，将谢县官的尚廉为民之风推向巅峰。随之，市委党校亦随之组织副科级领导干部分期分批到谢公故里观瞻，一时间，远近官民趋之若鹜，冀得这块灵性之地的清廉文化熏陶。

　　有诗云：环山带水钟灵秀，文曲当弓射斗牛。岗美、轮水、轮溪里，一个个毓秀含慧的地名，引人遐思，地灵人杰自古攸关，想想极是。

　　百鸟归巢，与谢国荣理事作别时，始知其为一位退休教师，其微信名曰"江南风"。进而知悉，谢老师家庭被评为2015年"广东省十大最美家庭"，提名为"中国十大最美家庭"。江南风，蕴含着特别的意义，在我的意念中，正是谢步川"清白流芳"及"番薯县令"贤良官德家风之一脉传承。

2017年5月

新白杨礼赞

那天早晨，我刚烧开水，泡着早茶，接到文友泣不成声的来电，惊愕、恍惚中赶往漠江西岸。TF 花园，秋风瑟瑟，翠叶乱坠，四无人声，我似乎听到《秋声赋》里的凄切。

忐忑地踏入那幢谙熟的楼层，只见门敞开着，桂利夫妇、志雄、老肖倚在门外号啕；屋里，呜咽、哀恸、冰冷充斥其间，空气在凝滞，任由亲朋撕心裂肺地哭痛，那个可亲可敬的生命在秋阳晨风下溘然离去，永远停留在 60 岁的门槛上；那支纵横驰骋的笔永远搁置，本土文坛顿时寂寞三分。

书房的书桌上，一本"阳春市文学艺术界联合会"题头的信笺，面页留下他亲笔赋写的"临江仙·秋夜广场舞　2016 年 9 月 23 日"，一首"临江仙"竟成绝唱！厅的茶几上横躺着一本散文诗集《江南秋雨》稿样，扉页被凌乱的风揭开，气宇轩然的作者照赫然展现。

长太息以掩涕兮！哀伤中倏然忆起高中课文《白杨礼赞》，先生姓白杨的"杨"，起一个叫得响亮的名字"建国"。其人文品质，堪与茅盾礼赞的白杨媲美，予人以希望和力量。

一

"那是力争上游的一种树，笔直的干，笔直的枝。"

与杨主席结缘，始于两年前的一个夏日上午。我在小港湾培训的归途，接到市文联肖国光老师的电话，称受文联副主席、作协主席杨建国委托，通知我参加将军府笔会。末了，肖老师还特别提起，杨主席一直关注我发表在报刊的作品，几经波折，通过报社编辑才联系上我的，望能拨冗参加。那一刻，百感交集，感动、荣幸、惭愧，身为小作者，平日写点游记、乡土散文，以笔名发表在《阳江日报》《阳春》等媒体上。我何德何能，何劳久闻大名的作协主席寻我？

正是在这次将军府创作笔会上，初识杨建国主席。笔会前一天强台风"威马逊"驾临，次日，风雨不改行程，杨主席亲自带队前往。短暂的接触，先生印象便镌刻在我脑海里：昂扬的头，丝毫不乱的头发，国字脸，炯炯的目光，笔直的脊梁；谈吐风雅生趣，语音雄浑，一字千钧，不卑不亢。以后的多次见面，都是此模样，挺拔如白杨。

二

"难道你又不更远一点想到这样枝叶靠紧团结，力求上进的白杨树？"

两年多的时光，杨主席引导我参与作协、文联活动，渐渐认识了蔡少尤、肖国光等一众文友，从他们自豪的言谈与作品中，晓得这一拨本土文学骨干，皆是经杨主席挖掘或受他指引、鼓舞，而走上文学之路的，他们敬称其为老师或国叔，而非主席。在各种场合，他总是深沉而远大地谈论漠阳文学，谈起本邑文学的担当、传承，由衷地谈到陈计会、陈麒凌、钟剑文等文学青年之光。先生亦欣喜于我的出现，还有我的浅文。在当年8月底的一晚，建华主席和他通知我参加一个文化活动，嘱咐我一定到。那晚，在我的车上，先生和我谈了作协的当前及未来，希望我能积极担当。

我以学浅推辞，他委婉地批评了我。

后来，从先生爱人华姐忧伤的回忆中，得知先生在家中常会欣然提及我，赞许我做文做人。听后我锥心的痛啊！相识两年多，尤其是今年，尤其是近三个月，许多文艺活动他都会邀我参加：同写谢仲埙故事、阳春人口文化，三甲笔会，约见文学青年，陪同接待外面来的文学前辈，中秋共醉三花酒，深秋同游崆峒岩……情景交融时，先生却溘然离去，叫人如何不惋痛！文友桂利叹息：你们情深缘浅啊！

三

"哪怕只有碗来粗细罢，它却努力向上发展，高到丈许，两丈，参天耸立，不折不挠。"

在不止一次的彻夜长谈中，悉知先生平生事。在东湖农场，他度过了年少轻狂的知青年华。即便在那样单调乏味的岁月，他竟也能潜心读书，将场里书籍遍读，包括茶叶种植方面的，以至场里的领导有心栽培他成为农艺师。他却心有旁骛，跑去选兵了，因耳朵受过小损伤而落选。之后到了渔业小学当了一名老师，因教学拔萃，兼受学生欢迎，几间小学的校长便抢着要他。他终于当到了春城四小的主任，却又在众人的不解中将其辞去。教书期间，他发表了第一篇小说，从此一发不可收，展露杰出的写作才华，为时任阳春文联副主席的杨清龙老师关注和青睐。几番周折，调到文联，开始了他一生得意的事业。30余年初心不改，在极其艰苦的条件下坚持创作，先小说，后散文、诗词、评论、曲艺、故事，齐驱并进，在全国31省400多家报刊发表文艺作品2200多篇300多万字。其中小说《美丽的谎言》，被多省重点中学选为模拟试题范文。因文学成就斐然，先生加入了广东省作家协会、中国民间文艺家协会、中国散文家协会；兼任中国民盟盟员、民盟阳春主委，阳春人大、政协常委，在陌生的领域，亦发出光芒。

在先生人生光环背后，蕴藏着文学创作的清苦，他却从不言人，怕挫伤文友和后辈的热情。写作是一种忘我的投入，每一次接触，见他烟不离手，掌背青筋凸起，雪染两鬓，疲惫在脸，而评点事物深邃到位，不失欢笑。直至他去世后，他的爱人华姐才极不情愿地道出其中艰辛：去世前，他繁忙于出版两本文集，凤夜操劳，更忧版费，却从不向组织、文友透露丝毫，倔强坚忍。谙夫心情的华姐，默默地向亲戚借了一万多元，书稿才得以付梓。临近退休，先生悄悄地告诉我，他将与时间赛跑，赶在退休前加入中国作协、广东音协、广东戏协。原本一切可顺理成章、水到渠成，不料突然撒手人寰。痛哉！

四

"那就是白杨树，西北极普通的一种树，然而实在不是平凡的一种树！"

"亦师亦友，高义薄云天，不尽哀思惊梦寐；可歌可泣，大才真泰斗，长留懿范策文坛。"这是诗人韦其东老师代表阳春文艺界为他作的挽联，正是其一生真实写照。时间永远向前，生命却倏然而止。这是人世间的悲哀！林语堂说过："人生在世，无一事非情，无一事非欲，要在诚之一字而已。诚便是真，去伪崇真，做文做人，都是一样。"这话对先生而言，极是。文友陈勇亦诗赞其"平生不爱假面具，赢得一生真性情"。先生立言为人，俱出于真，爱憎分明，爱正义，憎时弊。譬如他对某知名学者是极鄙视的，认为其文过饰非、抹杀正义，而拒看他的书。他虽有对头人，而亲敬者是绝大多数。君不见，他走后的三两天内，闻噩的各路文化机构、报刊、文友、群众，纷纷以各种方式、渠道送别他、哀悼他，络绎不绝的追念情怀，山河垂泪。先生留下风范和亲友无尽的哀思。

先生的一生，或许波澜不惊，莫若黄钟大吕，却俨然一棵白杨，普通而又极不平凡，折射出人文的光芒，如日月星辰，恒久不灭。

2016 年 9 月

李公祠前听家风

这里，有白虎降世、魁星踢斗、关刀浮水不老的传说；这里，有力挽铁弓、圣旨远方岳武穆不朽的传奇……

隆岗，只是阳春岗美的一个村庄，位于漠水、云灵岭之阳，离岗美墟不过一箭之地，途经 S277 线的过客，皆可望见路旁一座蔚为壮观的门楼：隆冈李惟扬故居。所有的故事、传奇、传说都来源于此。

丙申之春，在三月和煦的春风里，在三月温暖的阳光中，随市委党校干部培训班，走进这座离城 20 多公里的村落。早有市委宣传部的领导陈同志在门楼下相候，将为我们讲一场李惟扬家风美名扬的故事。

村道弯弯，缓缓而行，进入座座青砖黛瓦的隆岗寨场，巷道纵横，东门洞开，飞檐挑角，门楣雕字"干城"。主人望重，令人肃然。瞻者贯入，见一古祠，前院方方，高墙围筑，祠檐门楣，阴雕草书"崧台李公祠"，赭色匾悬，高门两侧，联曰"簪缨绳祖武，忠孝作孙谋"。主人家风，一目洞见，渊源流远，祖武忠孝。陈同志伫立祠前，惟妙惟肖地讲述李惟扬公传奇故事、家风家训，娓娓然带我们穿越 300 多年前的隆岗寨……

清初某年，广西李会熙弃官博白县令，穿州过府流寓到阳春。后其子成玉，一路寻父至阳春岗美，父子异乡重逢，人间美事。李会熙受阳春知县器重，又得当地乡绅黎百万赏识，赠得"荒塘一口，鬼寨一条"，至其子成玉，妙手经纶恶境，易向改貌，开建隆岗村。自此，寨中百业亨通、人丁兴盛。

1684年一夜，隆岗上空彤光耀照，虎声啸啸，李成玉的小妾冯氏产下一男婴，婢女端水进房时，惊见一白虎立于帐内，忙退告成玉，成玉据天象征兆，认定儿为"白虎降世"，虎寓威武，依"我武惟扬"诗句，为儿起名"惟扬"。从此，李惟扬"白虎降世"的传说，流传至今数百年不老。

小惟扬幼承庭训：大丈夫要为国为民，立德立功立言。初习文，熟读经史子集，县试中却屡屡受挫。本非池中物，郁困不逢渊。彷徨中的惟扬，一夜梦得异人指点，乃弃文习武，拜师崆峒山，得老道真传，十八般武艺并兵书娴熟。

康熙五十年，惟扬广东乡试得武解元，1712年会试中武进士，殿试舞关刀不慎失手，急中生智，来一招"魁星踢斗"，赢得圣上康熙拍案叫绝，钦点榜眼。君不见，榜眼牌匾高悬李公祠堂梁下。古之俊彦，立"学成文武艺，货与帝王家"之青云志。惟扬何其幸，万里挑一，授御前侍卫，得幸勤王。据《阳春县志》载，隆冬寒夜，鹅毛纷飞，康熙皇帝夜巡，见凛烈风雪中李惟扬巍然捍卫，一丝不懈，感动帝子，赞其忠勇卫士。又一次，圣祖宣新科进士拉一头号硬弓，无一能开。圣祖命惟扬，扬连拉三次，次次满开，圣祖遂夸："惟扬古来岳飞也，是天下第一等人才，第一好侍卫。"是为忠也，惟扬忠于朝廷，为儒家忠孝至境也。

李公故事多，传奇扬青史。史料载，惟扬英勇，刚正不阿，为当朝佟国丈忌，屡屡陷害之，遂有巧勇斗恶熊、马跃云桥射佟官帽传奇，及归乡智惩昏官故事。惟扬正气凛然，是为勇正，为庙堂与江湖景仰。

李公祠背倚，乃惟扬祖父会熙荣禄大夫擎柱李公祠，上溯其祖宗风传承。当年惟扬，凭武功显赫，皇恩泽被祖上，康熙帝赦其祖父会熙公擅自开仓济民之罪责，敕授文林郎，诰赠荣禄大夫。此为惟扬反哺之孝。我观祠联"北平射虎，东汉登龙"，蕴含汉将李广、名士李膺之典故；溯源追远，祠壁罗列星斗般先贤臣将及其威名传略，凝结为忠孝、祖武之李氏家风家训，传承隆岗，惟扬横空出世，弘扬光大。

考察惟扬家世，隆岗代有人才出，各领风骚数十年。李惟扬从广东武解元、武榜眼、御前侍卫一路累升至正二品的广东右翼总兵，一代武将，三朝眷遇，衣锦还乡，兢兢晚节，流芳百世。惟扬子孙，文武进士、举人迭出，直至当代，本科硕士、商贾从文从艺从医为政者甚众，更多的则是普通民众，他们自强不息，忠孝立世。一代代后贤，共同将李公"簪缨绳祖武，忠孝作孙谋"及"崇文尚武，道德传家"的家风祖训文化演绎得淋漓尽致，使隆岗愈加闻名遐迩。近日，适逢阳江市纪委主官到隆岗调研李惟扬家风文化，提出其对新形势下党员干部廉洁从政、廉洁修身、廉洁齐家具有深远含义。

独自徘徊于隆岗古寨，"前观漠江千曲水，后倚云灵万顷山"。进出于崧台李公祠、荣禄大夫擎柱李公祠，景瞻祠中风物超卓，"榜眼及第"匾、康熙赠"福"字匾、朝廷勒刻功名柱，无不显赫于世；百斤关刀、400 斤练武石锁无不惊慕俗世；李氏祖训、古家训字字珠玑，无不绵荫后人。这些风物有形或无形，都被族谱或历史深深镌刻着，璀璨的将星、辈出的人才令隆岗深沉而美好。

一步一步走出隆岗寨，穿过村道旁的粉墙，阅览市委宣传部新辟的家风家训传承文化长廊，如春风化雨，沁人心脾。"李惟扬故居"门楼外便是省道，川流不息，车马喧嚣。而门楼内的李公家风，却岿然屹立。

2017 年 3 月

将军归去来兮

2016年季夏，暑气蒸腾。一场台风"威马逊"忽然来袭，是日粤西风雨大作，酷热顿消，时令仿佛顷刻转入秋季。

翌日，恰是阳春市作协走进将军府参加笔会的日子。一行六七人在杨建国主席、肖国光副主席的带领下，逆风沐雨，从春城出发，假道新兴县天堂镇，再西折返阳春市的石望镇。

车子缓缓驶过天堂墟，苍莽的云雾山脉奔眼而来。过简明、简东二村，西行进入一条狭窄的圩仔，我依稀记得是交明圩，多年前观看将军府炮会时我曾途经此地。圩尾，一座赭红色的古牌坊赫然伫立路旁，圆拱门上"古铜陵"三字引人瞩目，据《阳春县志》载，这是古代本境的一个县治之所，方圆数里，群山环绕，田园平整，好一处人居栖息之地。

车子辚辚前行，"军屯村"路牌竖立田头，与"古铜陵"牌坊对望。军屯者，即屯兵之地。深思间，仿佛听见兵马啸啸、鼓角嘶鸣的呐喊声。过军屯村不远，一座屋宇稠密村庄坐落于风景优美的翠峰下，一条名曰"将军路"的水泥路伸展于村前，一口弦月大池塘拥抱着两座"风"形并串的古建筑，坐西望东，门楼向玄武开，门头曰：礼义乡，楹联曰：礼门坦荡遵王道，义路平康蔼帝歌。

无须问，宅第正是本邑威名远扬的梁镇南将军之府。

走进礼义门楼，敬意顿生，将军生平战功，已载《阳春县志》及新编的《阳春市志》，将军故里风俗，本土作家钟万全、杨建国、肖国光、蔡少尤、闲园珍等，亦不遗余墨颂扬。于此，我唯默默地观，静静地思。

当夜住入府内，苍穹下，笔会一行数人围坐门前地坪，聆听建国、园珍等众老师及梁公后人叙说将军的奇闻传略，讲者绘声绘色，听者肃穆深思，山村之夜喧闹起来。

翌日清晨，旭日初升，气象清新。我缓步走过将军府前宽阔的坪地，先行拜谒将军府。

府前柱联：镇守门前千古秀，南屏帐下子孙昌。大门两侧匾木镌刻刚劲楷联：镇守铜陵鸿号著，南征藤峡虎贲威。门额高悬：梁镇南将军府。柱门一体，气象恢宏。

跨过门槛，次序而瞻：一进两厢、天井回廊张挂着本市书家颂扬将军的墨句。二进中堂悬挂将军画像，凛凛威仪，呼之欲出，乃岭南大画家陈略手笔。中堂右侧陈列一组镶上铜框的连环画，文字精要，概述将军生平事略；中墙下卧一副练武石，一重 340 斤，一重 230 斤。据传，将军自小从高师学习，造两石练功，臂力过人，运斤成风。后从军，置身烽烟，随王守仁将军南征广西大藤峡，平叛安乱，立下显赫战功，被明朝皇帝封为"二品顶戴殿前虎贲将军"。三进为祭祀将军及祖先之所。徘徊府内，见青砖缝隙间，静藏着红艳鞭炮屑，见证着府第明风清韵炮会传俗，500 年烟尘不绝。

出府门，穿过侧巷，漫步上府后山岗，环顾村庄地势，宛若太师椅，背后青峰耸起，若蛟龙出海；左右两列翠岭，恰如靠手；前方开阔处，一座山岗似案台卧；村南黄村河弯环流过府前。峰岭环绕之境，晨光万丈，山川秀美。

我曾纵观将军府及周边地理，交岗于阳春东北境，共云雾大脉与云浮接壤，北出直抵桂地。高山峻险，小道蜿蜒，古来为兵家要地。隋朝 590 年古铜陵县建于此，从此战火不断，宋熙宗 730 年被"毁为平地"，原因与过程已无史料可查，留下千古悬问。

《论语》子路曰："君子尚勇乎？"孔子曰："君子义以为上，君子有勇而无义为乱，小人有勇无义为盗。"一家一族一国，恒载族谱史册的，不是蛮勇之匹夫，而是义勇兼备之士；让家国传承的，是蕴含着礼义孝廉的家风族训国风。

又曾察观云雾山脉南段的高凉地，拜谒比梁将军早生约1000年的冼夫人。其时，身为百越南蛮之境的首领，统领10余州10万余众，历经梁、陈、隋三朝，配合朝廷平定广州刺史欧阳纥叛乱，90高龄仍载御书，开导俚民，安抚部落，尽忠朝廷，维护国家的统一和民族的团结，深受朝廷和百姓称颂。

冼夫人忠义风范，影响着对其管治过的铜陵后辈梁镇南。纵观将军一生，忠义于朝廷，从军时，镇守铜陵县，保一方安宁；后随王守仁将军征战大藤峡，为明朝百越之地的稳定和民族融合国家统一立下不朽功勋，受到朝廷褒奖，封为二品将军。将军二月二告老还家之日，乡人拥戴，以五重炮礼远迎。还乡后，严惩新兴恶霸容百万；筹资于古铜陵县址筑古铜陵牌坊，启教后人。朝廷彰其忠义，敕赠建将军府；乡人念其德，措办炮会以庆贺，习俗延绵至今。

尝观十数里之隔的新兴天堂内洞（隋唐时为铜陵县管辖），在将军之后400余年，一村出过粤地民国时期两省长李耀汉、翟汪，以"火烟相盖两省长"名噪一时。然而他们或为军阀，或为枭雄，只为统治阶级或己族谋利，无忠义于国民，无善德于后代，终湮灭于历史尘烟，岂能与梁公同日而语。

悲叹当下，礼仪之邦衰退，崇德之名不盛，狭隘荒谬的宗族观、荣耀观甚嚣尘上。君不看中纪委打"虎"？一个个鲸吞豪贪者，造豪宅于家乡，欲显赫于乡亲，东仓事发后身败名裂。乡人以为耻，恐弃之不快！

500余年风来雨去，将军后人忠义之风依在。将军府一夜，水无声，月无华，思悠悠。将军，归去来兮。

2016年7月

一枝一叶总关情

革命老区扶贫村竹园村印象

合水之北美如画。今年秋天，我两次走进合北，不为观赏风景，只为受命访问一座村庄，一座名列阳春革命老区的扶贫村。

我曾无数次驾车走过春北走廊，每一次路过，总联想起河西走廊的景象。长路穿廊，青峰对峙，沃野如毯，村宇棋布。合北风情，如一位温柔少女，让我不由自主地减缓车速，细细打量她迷人的风姿。

令我惊诧的是，这个仙境一般的地方，竟然是一个革命老区，竟然深藏着一个市级贫困村，这便是竹园村。

组织安排我采访的正是此村。搜索地图，它背倚本县与恩平、阳东交界的绵延山地，面向春北走廊。省道旁入口，一条村村通小路，箭一般射向东部群山，一箭串三村，依次是竹园、平中、大垌水，后者深藏山中。

山是那样巍峨，地是那样谙熟。犹记去年春，市文联组织采写岗美潭簕村红色故事，我尝遍阅阳春党史资料，其中屡屡读到春北平坦乡（竹园、大垌水等地）的战斗片段，峥嵘岁月，游击队在三县交界之地，与敌人周旋战斗，留下许多可歌可泣的革命故事。

满怀对革命老区和扶贫工作的敬意，今秋的一个周末，作不速之客，我来到竹园村委。只见大门紧闭，门前一方牌匾赫然入目：环境保护部华

116

南督察局、华南环境科学研究所扶贫工作队。有群众热情地告诉我，周末休息日，来事找村干部吗？可以打电话找他们，会很快过来的。我说不用。可谓不见其人，先闻其名。

见识工作队竹园扶贫三大手笔

再访竹园，已是深秋。先是电话联系竹园村的廖书记，他正在开会，嘱我直接找扶贫工作队的周队长，那是个年轻有为的扶贫队长，很有想法，有很多故事的。廖书记告知周队的电话，我径直打过去，和周队约好，第二天村委见。

南国深秋，暑气未消，秋老虎到处横行。次日午时，在村委后面一间逼仄焖热的平房，我见到一位汗涔涔的年轻人，穿着家居服，正和妻子、小女儿（料想身份）一起做午饭，他便是周队吧。他见到我，有点腼腆，说抱歉，妻子假期带孩子来看他，正做午饭呢。边说边放下手中杂什，领我到村委一楼一间简朴的房子，门前的牌子上写着：扶贫办。因之前电话联络过，彼此融合畅快，见到我，他脸上显现出一见如故的神情，"无须介绍了，我们认识了呵。"周队爽快地说。刹那间，一股暖流浑身涌动，那是同志信任的幸福感。

中午村干部早下班了。我俩依然如故，促膝而谈。周队似胸有成竹，轻易打开他藏着竹园扶贫经的话匣子。先谈他的单位和队员，谈村经济及扶贫状况。为了给我提供翔实的资料，他倏忽转身，到村服务厅的电脑，"嗦嗦"打出一份扶贫工作报告。这份凝聚着扶贫单位心血的文字，一目了然。工作队2016年驻村后，走村入户，掌握村情民情，研究分步实施精准扶贫思路：发挥党员干部带头模范作用，村党支部书记带头种植蔬菜，村委会副主任带头种桑养蚕，建立"支部领路，党员带头，农户为主体"的运作模式，组成种桑养蚕基地，蚕茧销售和技术支持依托公司和专业合作社，以党员带动群众，以党建推动脱贫。

掩卷之际，这位温文儒雅的青年，神情专注，侃侃而谈工作队扶贫竹园村的三大手笔。

手笔之一：建立造血功能型长效扶贫机制，壮大村集体经济。通过联系省华南农村扶贫基金会，签订长效扶贫协议，筹资 200 万元帮助竹园村投资入股湛江市腾辉驾驶员培训有限公司的驾驶员培训与考试服务创收项目，每年可得分红 20 万元，稳定壮大村集体经济。同时作为阳春市扶持村级集体经济发展试点，获得财政资金 200 万元，建成一个 760 平方米的农资服务站，年村集体收入增加 5 万元。

手笔之二：建立"支部+公司+专业合作社+基地+农户"的长效脱贫机制，促进贫困户稳定增收脱贫。建立蚕桑基地 500 亩，每亩可获纯收入 4000~10000 元，共吸纳参与农户 100 多户，其中贫困户 35 户。购买农用机械、猪牛苗、农药化肥、饲料等农业物资，帮扶发展种养户项目，累计使用帮扶资金 83.49 万元。积极发展投资收益分红项目，累计投入 99.75 万元入股光伏发电项目，其中 76.75 万元入股阳春市统筹的光伏发电站项目，投入 23 万元入股镇统筹的光伏发电站项目。

手笔之三：着力落实住房、教育、医疗等保障政策，为民服务解难题。工作队进驻竹园村后，深入了解该村村民的住房、教育、医疗等方面落后状况后，结合开展"不忘初心、牢记使命"主题教育，全力为民服务解难题。近三年，全村贫困户需危房改造有 51 户，已全部帮助完成；积极协助 32 位贫困户学生全部领到助学补贴；落实农医农保政策，所有贫困户均购买农医和农保，所有低保户均落实"应保尽保"政策。

工作队扶贫竹园村的三大手笔，落地有声，开花结果，赢得村民和上级击掌叫好。

年轻扶贫工作队长的赤子情怀

畅谈不觉时光度，情到深处见情怀。那天，我们的访谈直到中午 1 点多了。门轻敲，周队的妻子捧着两个便当进来，面带歉意说，吃个午饭吧，简单了点，不好意思。只见饭面上放着一条熟番薯、几块炒肉薄片、几条青红椒，确实简便，我却如品佳肴。边吃边聊，始知这位"80后"是江西永丰人，与大文豪欧阳修同乡，毕业于华南理工大学，先在江西省环境科研机构工作，后通过中央国家机关公务员招考进入环保部华南督察局工作，年纪轻轻的已是处级干部，2016年被单位安排到阳春扶贫，在国家和人民需要的地方奉献青春和才华。

谈到扶贫最感动的一件事时，周队神情凝重，情不自禁讲起帮扶谢某的故事。谢某是村中最贫困的人家，人到中年，养育3女，其中2个"黑户"，住破旧泥砖房，家徒四壁，不堪贫困的妻子一走了之，抛下3个可怜的娃。谢某艰难度日，生活渺茫。工作队进驻后，将其列为重点帮扶对象。先是党支部思想引领，先扶其志；然后争取镇、市计生部门政策扶持，解决了两个"黑孩"的入户问题；紧接着帮助他发展生产，用好项目扶持资金，种菜3亩，养牛3头。工作队恰逢其时的关怀扶助，使谢某发奋兴家，两年间，种养收入可观，家业转向兴盛。工作队扶上马，送一程，为他争取泥砖房改造资金，建好楼房，家境大为好转。谢勇仕脱贫故事成为未脱贫户励志的标靶，工作队亦深受鼓舞。

在深入的访谈中，得知这位来自江西农村的青年干部，竟有着赤子一般的乡村情怀。

"环保+帮扶=金山银山"彰显成效

"看似寻常最奇崛，成如容易却艰辛。"扶贫之难，难在贫困户的处境与观念。单纯经济扶持，只解燃眉之急。扶贫单位领导多次调研后，要求村党支部树立"绿水青山就是金山银山"的理念，确立"环保+帮扶"的工作思路，因户施扶，确保三年实现100%脱贫目标。

访谈毕，和周队一起步出村委，秋阳正照，桑田连连，桑叶葳蕤，远看腾起一层薄雾，桑农说这是桑叶长势良好的缘故，多亏了村干部和工作队同志到田间地头悉心指导，和发展思路、政策资金上的大力扶持。

漫步主村道，脚下的路宽敞，面貌一新。周队长如数家珍，细说一笔笔民生账：申请中央财政专项扶贫资金 15 万元，加上其他投入 16 万元，完成 1.5 公里主村道拓宽工程和竹园二村加宽盖板涵用道路工程；筹资 30 万元，修缮村灌溉水渠 1.5 公里；投入 66 万元，完成 1.6 公里村道硬底化建设；筹款 30 万元，搞好全村太阳能路灯工程……

一项项接地气的民生工程，无言而有情，齐刷刷地站着，似是欢迎我，和我打招呼。在与村民的谈话中，看得出他们满满的获得感，其感激之情溢于言表。

随周队走进村中几户养猪场，几乎不闻猪粪臭味，新农村气息扑面而来。我问何故，周队双手叉腰，不无自豪地说，他们尝试发挥专业扶贫之长，在扶贫对象建造猪场时，工作队指导养殖户严格按照环保标准修建消纳水塘和沼气池，通过工作队的专业要求验收方可实施，这也是他们践行绿色发展和"环保+帮扶"理念的具体体现。

"环保优先"的理念，在打造新农村示范村中充分展现。全村完成"三清理三拆除三整治"，村民自筹资金 16 万元，拆除危旧房 50 间，拆除面积 750 平方米，清除堆积的建筑材料、垃圾淤泥 1000 吨。11 条自然村新农村示范村建设一期工程全部建成，竹园二村和新田村两个自然村完成提升工程建设。全面落实保洁员制度，每个自然村均配备 1 名保洁员，购置保洁器具，全村保洁工作日常化、制度化，社会主义新农村面貌焕然一新。

村中漫步一圈，返回村委，扶贫宣传栏上扶贫单位的豪言壮语，惊鸿一瞥："全力支持驻村扶贫工作，坚持把竹园村当故乡建、当家爱，聚合智慧和力量，协同推进环保和扶贫工作，做到廉洁扶贫、阳光扶贫。"

"纸上得来终觉浅，绝知此事要躬行。"扶贫如歌，一首抒写大爱之歌，一首唱响奉献之歌，一首激昂奋进的中国特色社会主义新时代之歌。美如斯，壮如斯！

2020 年 10 月

云山寻她千百度

时序仲春，亲友三五人，驱车城东郊，越过马鞍山，奔向云灵山麓，一条羊肠小道抛向半山腰的风门坳，车子在砾石土路的泥泞中艰难跋涉。

羊肠小路两旁，是一片接一片的茶园、李树园，茶青果幼，绿海磅礴，在平缓的山坡漫延，不见劳作者，云灵山麓愈显盛大幽深。

路越往上，坡度越陡，车子终究开不到风门坳，就让它停泊在半途歇息。我们安步当车，正是山花烂漫时，在丛中行，吮吸花木芬芳，饱览春光山色。

大半个时辰后，我们站在传说中的风门坳上，坳险而风大，两山对峙中门开，过去曾为本邑通往境外的要道，多为贩夫走卒走险、兵匪出入之境。

一块贴上红纸的木板路牌站在坳上，像一位忠实的向导。三个箭头指向三岔路口，左写"刘三姐歌台（望海台）"，右标"七星丹灶、恐龙石"，正前写着"神女瀑布石"。此行，我们直奔神女瀑布石而来。

站在山坳的风口浪尖，想起去年冬，因读了文友刘义和发表在阳春报的云灵山游记、云梅的游记美篇，蓦然向往，邀二三友，登云灵山望海台，往返于此，迎风而立，眺望山东西两侧，壮志凌云。

在山坳稍事歇脚，我们便勇往直前。一条隐掩的草径摔下低处的山林，在林野穿行，林间明灭晦暗，步履涉过石头阵溪涧，踏过枯叶层叠的路段，走过山花盛开的山岗，侧过瘦直的野蕉林，遇见三人合抱的古樟树，幽境路上可见一座座慎终追远的坟墓，清明新祭扫过，炮屑纸飘落开阔的堂前。

在茂密的路径走，途时有歧路，听凭感觉，沿主路走，期望一直走到路的尽头，神女瀑布石该会落落大方地显身，迎候我们。

走了近一小时，遇到一个岔路口，不知何去何从。想到云梅在早上重发的云灵游美篇，一再温馨提示，从风门坳往前走约 45 分钟即达。我思忖着，神女瀑布石该在附近了。正午时，不便电话联系义和、云梅他们，发信息，或午休，不回。彷徨时，胡乱又问几人，皆说不明了，或未曾来过。

冥冥中，想起未曾谋面的阳江驴友波波，一通电话后，他听出了我的处境，冷静分析推测我们走过了头，须返回大石头阵处，抄左边一条小路上，约 200 米就到。

得了指引，我呼朋唤伴："撤回！"说话间，回眸一瞥，透过疏朗的树叶，忽远忽近的山腰间，隐约可见一块巨大的石壁，恍惚传说中的云灵神女，灵光一显，回馈我们艰难的求索。

我们心花怒放，朝"神女"走去。返回一小段，途见一歧路，一个被砍下的树丫摆在路口，我们大喜过望，走了上去。忽然感觉不对劲，速速从歧路返。

继续往前撤，谈笑风生，不知谁说出贾岛《寻隐者不遇》诗句："只在此山中，云深不知处。"

伟、校二人打前锋，我们尾随，隔着一段距离，忽听见前方惊呼："找到入口了，快来！"我们一听，赶紧飞奔过去。

一个隐蔽的小路口，斜拐而上，若非留心细察那些红漆小箭头，那些系在树梢的小红绸带的指引，估计陌生游客十有八九，将错过这条通向神女瀑布石的神秘小路。

我们兴高采烈，吟唱着李白的"行路难！多歧路，今安在？"感悟大道至简的妙境。

三步并两步，爬上一百多十米，依稀可见荒芜的藤蔓杂丛处，虚掩着一大块陡峭的石壁，我和伟捷足先登，几经周折，攀爬上去了。东叔、校他们见到这块宛如平常的大石壁，就一动不动站在原处，似乎了无趣致。

我强打精神，弓腰蛇行，攀到那石壁半腰看，怎么看，怎么看不出神女瀑布石的俏模样。又涉险爬到石顶，上面又是一重石壁，我手机横拍竖拍，试图拍出传说中的神女瀑布石的真容，却怎么拍，怎么纳闷，眼前这块石壁，怎么与义和、云梅朋友圈发的神女图大相径庭呢？

　　将信将疑间，义和兄从远方发回信息，他关切地问我寻到神女没有，我不说话，直播现场，他见了断然说不对啊，你们看到的不是神女瀑布石啊。他立马发图，又加持一段视频，我一比鉴，不得了，人家的"神女"倾城倾国，眼前的石壁粗糙丑陋，是一位粗壮男。

　　我惊呼，对不远处休息的伟说："不对，这不是瀑布石，瀑布石不是这儿！"

　　伟惊愕："怎么可能，路标明明指向这里，只有一条路，只见一面大石壁，哪会错呢？"

　　伙伴们饥渴交迫，索然无趣了。当时已午后4时了，天色是下雨的前奏，大家纷纷表示不看了，回去。

　　颇多周折，抵达的竟然是一处假神女瀑布石，我好生无奈，心里又不愿善罢甘休，哭笑不得。

　　我眼神搜索着周遭的境地，右边伸出的一个小山嘴闯入我的视线，野丛杂树覆盖，依稀有人走过的踪迹，我随即对伙伴说，你们在此休息，我爬上去那边侦察一下，耽误不了几分钟的。

　　我跃上那山嘴的陡坡，拨开树丛，果然可见一条路径，赫然在眼。绕开一片野油甘树林，再往前走几步，前景豁然开朗，好一块新大陆，被我们发现了，真是"踏破铁鞋无觅处，得来全不费功夫"，我疾呼："大家快上来，真神女瀑布石在这里啦！"

　　我雀跃着回头，招呼原处休息的伙伴们，牵引他们爬上山嘴，举步见到了神女瀑布石，太近了！我们不由自主地打着口哨，哇啦哇啦的，整座山欢欣起来！

　　传说中的神女瀑布石真真切切地显身了，在神秘的云灵山深处，在茫茫原始森林的一隅，在绿海无垠中，我们似乎不敢相信。这里深藏着像一把靠手椅的一座大斑石，瀑布的横截面那么巨幅，流水的纹路那么鲜明，动感那么十足，从远处看，从低处望，分明是李白望庐山瀑布"遥看瀑布挂前川，疑是银河落九天"的景象。走近，又确实是一块巨大的石壁，水流有纹有路，有条有理，上下陡壁，腰部平缓，错落有致，足以站、卧下千军万马。

我们环绕神女瀑布石，跑上跑下，左顾右盼，瞻前顾后，尝试以种种姿态，与"神女"亲密接触。在迷茫的大山中，艰难求索，终得觑"神女"一面，一种相见恨晚、相见恨难的惺惺相惜之感悄然而生。

暮色将临，我们仍在"神女"身旁徘徊。"神女"身段优美，肌肤圣洁，若洛神重现，有赋云："翩若惊鸿，婉若游龙。延颈秀项，皓质呈露。云鬓峨峨，修眉联娟。瑰姿艳逸，仪静体闲。"彼此仰慕熟络，直至印象深记，心心相印。

末了，我们静静坐在周遭高大疏朗的野油廿树林下，叹息来路之多艰，叩问"神女应无恙，当惊世界殊"。

暮色初上时，我们不得不告别"神女"。我们觉得自己是去西天取经的唐僧师徒，历经艰险，见到小雷音寺时，以为光明在前，懵懵懂懂进去膜拜神佛，殊不知进的是一座假雷音寺，经一番艰难，最终见到了真雷音寺，取得真经，颇为庆幸。

夜色四合之前，我们走出了风门坳。回首一瞥，青山渺邈，神女不知何所隐。忽记起义和文友赠我李白诗句："且放白鹿青崖间，须行即骑访名山。"如果可以穿越，追随李白，徜徉山水间，真是羡慕不来的人生啊！

2021 年 4 月

带你赴一个千年之约

"谁谓河广？一苇杭之。谁谓宋远？曾不崇朝。"

飘逸而深沉的《诗经·卫风·河广》，寄托思归不得的惆怅，憧憬着道法无边。诗中无限张弛的意境，今日将成现实。

我的名字叫新阳高速，人称新阳君，连接粤东粤西，贯通春南春北，迎送南来北往的你。我在漠水之阳，带你领略"小桂林"之美。

我遐思着，新阳段贯通后，你若从东路入阳春境，首站河朗镇出口，为你导游阳春国家地质公园，登临南国第一洞天凌霄岩，你可怀凌云志。出洞天，重上高速，南行约 20 公里至松柏镇出口，10 分钟车程便到阳春"小桂林"春湾镇，古峰下蜿蜒若游龙的龙宫岩让你流连忘返；徘徊在锋芒指夜天的石峰林，你可在这偌大的天然影视拍摄场地过把瘾；在通天蜡烛倒影的池畔感思，在通真岩寻踪歌仙刘三姐迷人的传说……在珠三角的近邻，你可领略与桂林山水一样的别样风景和春北人的大气。

跟我走，下一站陂面出口，西山翠屏之下，坐落着漠阳大地最早人类祖先栖息的家园——全国重点文物保护单位独石仔，你可探索漠阳江古老的文明，沉思阳春人从何而来。

陂面隔江对望是合水镇，不出墟镇，可览圭岗河与春湾河二流汇合而成漠阳江主流的壮阔景象，远处青峰映翠，近岸凤凰树红，古头近在咫尺，河波渔舟唱晚，自然与人文相辉映，合水因此名不虚传。墟北不远处，有烟波浩渺的白牛湖，湖心小岛，青松遍野，舟楫交通，游趣盎然，或伫立大堤之上，居高揽观合水闹市，如出世者观入世，卓尔不群。

从阳春北或阳春南出口，倏一声可达阳春政治、文化中心春城、河西街道，漠阳江穿城流过。城北漠阳江畔，傲然挺立着形神逼真的渔皇石，如一对温婉的鱼皇母子，动人的传说如江水滔滔不绝。蕴含人文和自然奇观的崆峒岩，为中国第四崆洞山，洞藏乾坤，于城西 6 公里处，你不可错过。城南郊岗背岭，有清代建的文塔，登之可鸟瞰春城全貌及漠江舟帆。遥遥对望的旗岭，绵延十数里到七星岭，地灵人杰。峰岭下，你可聆听民国春邑首富游痞奇闻、武榜眼李惟扬传奇、番薯县官谢仲埙清风……

阳春的南部，习惯谓春南。丘陵山地多，为客家人聚居地，风土人情与春北迥异。

首站马水，马兰景区，秀峰峙立，田园诗美，马兰谣传唱不绝，漫行其间，疑误入人间桃源。

南行，至春南重镇潭水出口，青峰竞秀，垌方平阳，传奇迭出，为阳春古今八景之一：丹凤朝阳。

再南，即抵三甲、八甲、双窖三镇，呈犄角状，纯"讲崖佬"（客家人），人文荟萃，尤以刘蓝范黄王杨等几大族群为最，家风懿范，各领风骚。路过的你，宜留足迹。境内绵亘着秘境八甲大山，是闻名遐迩的鹅凰嶂省级自然保护区，主峰高 1337 米，仙湖、飘瀑、汤泉、珍禽、异兽、稀树、奇花遍布腹地，风光无限，美不暇接。从三甲出口，可驱车至山坪中坳的风车山，夜望繁星，朝观日出，看发电的风车翩翩起舞；又可爬相邻双窖镇的鸡笼顶，高 1280 米，可听鸡鸣三市，可赏高山草毯、杜鹃花艳，引无数游人竞折腰，心动即行动！

穿越近 1000 年前的历史烽烟，宋朝官员胡铨曾路过且诗赞阳春："路入阳春境，杳然非世间。"千年之后，我来了，带你赏遍独特的阳春山水，记得赴约哦！

2017 年 12 月

（该文获得阳春市文联、广东云湛高速公路新阳管理处文化板块征文散文类一等奖）

木豆腾芳

　　一小段时间没回去，老家门前的三棵木豆愈加葳蕤，朵朵黄花点缀绿叶间，在微风下妩媚多姿，风送花香，常见有路人徘徊摘叶。

　　这物种便是木豆，哪怕在乡野，也罕见了。父亲是乡间草药师傅，从小到大，亲眼所见远近乡邻上门求医问药不断，尤其是为蛇伤者，轻的重的，至今回想起那时的场景，有皮肤青肿轻伤的，有惨不忍睹命悬一线的，父亲均精心医治，一一为其疗好了伤，保住了性命。

　　记得我读初中、高中时，总有一堆堆人聚集于我家那间破漏的瓦房，有求诊的，也有拜师的，有父亲的同龄人，也有年轻人，他们总是聊到三更半夜的，时而说病伤症状，时而翻翻药书，时而在一张白纸上抄写着，至今我仍能记住一些草药名称，诸如七叶一枝花等等，还懂得一些朴素的辩证关系，诸如有毒蛇出没的附近必有蛇药，蛇和蛇药相生相克。

　　前年我眼见一位危重的蛇伤者上门求医，那是一位餐馆的老板，曾到电白求医过，伤情依旧危急。一次偶然的机遇，八甲的一位屠夫牵线让他儿子找到了我父亲。父亲和他三个徒弟合心合力，翻过许多山，找到平常难以找到的良药，三个月过后，那名患者转危为安。听父亲说，患者一家视他为恩人，重酬重谢。父亲说不能贪伤病者钱财，只意思一下收了一小部分药费，患者到处称赞父亲为良医好人。

　　眼前的木豆，是有渊源的，源于我一位要好的朋友得了一种病，医生要他找木豆的茎医治。他一家找遍春城无果，何故？一打听，原来近年来很多人得知木豆为疗病良药，便到处搜挖，野生的木豆几近绝迹了。我告知父亲，请他帮忙。于是他不辞劳苦，在乡间山野遍寻，几天过去才找到几棵，在门前种下三棵，其余的都送给我的朋友疗病了。果然是良药，朋友服了三次，病愈！

　　我看到长势茂盛的木豆，想起了之上的木豆和父亲的故事，不得不说他的草药人生。

　　在我的小说《破窗而入》里，主要人物方伯兼有父亲的身份，发生的故事情节也与他有关联。一些读者问过，我适当地回答过。此刻，天黑沉沉，踏出家门，便是高速路了，路坦途，何惧天黑！

2018 年 5 月

有一些往事，拍案惊奇

2015 年 5 月 23 日，周六，这一天中午回到老家，想陪父亲到墟镇的饭店吃顿饭，权当是提前庆贺父亲节，之前从未直接表达，对父亲的爱，一直深沉不语。这次，我鼓起勇气，对父亲说，爸，父亲节快到了，今天去外面吃餐饭吧。

父亲似乎收到了心意，看得出他欣喜的神情，他心满意足地说，有一个老板被毒蛇咬伤了，约了今天下午来看医取药，你们去吃吧，我就不去了。

我和妻儿只好陪阿叔阿婶去吃。去哪吃饭呢？不确定，边走边定。于是驾车出墟，看过几间饭店，直觉无趣乏味，驱车翻过茶亭坳，一路奔向鹅颈、峰高、长塘等乡村，将抵电白县境时，路旁掠过一座山庄，古朴优雅，风景诱人，我禁不住停下了车。

步入山庄，庭院别致，似曾相识，一年轻人迎了出来，安排我们入内坐好，我们决定就在这里吃饭了，年轻人神色显得有点仓促，我们随意点了几个菜。顷刻，一中年大哥进来，只见纱布缠在臂，绷带挂于项，他有点不好意思地对我们笑了笑，嘱大家慢慢吃，他和儿子出去办点事，边说边唤那年轻人出去了。

菜上桌的间隙，我步出山庄看了看风景，山庄修建匠心独运，四合院式结构，黄墙红瓦，门前宽敞，天井阔落，巧摆花木，绿意盈盈。山庄整体与周遭群山河塘相融合，可见庄主颇具内涵。

一个小时后，饭毕，归途，我们顺便到白水瀑布观光。傍晚 5 时，回到老家。家中惊现了戏剧性的一幕：家里来客人了。客人是谁？你们都晓得的，并非别人，正是那间遥远的山庄饭店点菜的那位年轻人，和那位手掌缠纱布的中年人——庄主！

原来老爸说约等蛇伤的人居然是他们！我偶遇吃饭的山庄，竟然是他们家开的，拍案惊奇！

我看到他的手掌皮肉已溶烂，血水渗滴，惨不忍睹。听伤者说，此前，他找电白的蛇医医过，愈医愈危重。后来他儿子出墟买猪肉时，遇到卖肉的档主是我邻村的阿环，偶然得知他父亲被毒蛇重伤居家，久治不愈，便好心推荐他找我父亲医治，还拍胸膛打了包票。此亦为拍案惊奇！

天下之事，无奇不有，令人拍案惊奇！那天父亲接收了这伤者，望闻问切后，即刻带着他的两个徒弟，商量医治方案，及早上山挖药，全力救治。

半年后，在父亲师徒精心良药的治疗下，老板终于痊愈了。回到老家，常听父亲感慨，那老板千恩万谢，知恩图报，经常上门探望父亲，礼酬不断。

2015 年 5 月

最质朴的父亲的笑在梦里

想起父亲最质朴的日常，总是温馨如昨。2017年辞旧迎新之际，又是新年元旦假期，岳母想让居住在乡下的父亲帮忙织一个鸡笼，她在城里的院子里养了一群鸡。

这一天，我和岳母一大家子回到乡下老家，冬收后的田垌一片蜡黄，像油画一样明静，池塘里的白鹅欢快地叫嚷。一动一静，毫无违和感。

老家门前的泥地坪开阔质朴，一丛老单竹开辟一块阴凉，父亲手栽的三五株木豆挺拔滋长，陪伴在父亲身旁，地面随处可见一把把薄薄的竹篾片，父亲、阿叔把持着这片天地，兄弟俩斜角对坐在两张矮凳上，我和岳母一大家子坐或站在外围的地堂，看父亲兄弟俩如何轻车路熟地驾驭竹篾活，专注地表演娴熟手艺，间或会闲话几句家常，任时光如流水。这是4年前一个可遇不可求更不可复制的场景。

从小学校长任上退休的阿叔，脸色古铜，身材瘦削，他几乎总是皱着眉头，习惯性地向别人说起他苦难的少年、曲折的青年往事，也会提及和我父亲相依为命的艰险记，声泪俱下，屡屡让我身临其境，与他一同悲戚过往多难的命运。

而瘦弱的素来务农的父亲，沉默寡言，源于脾性，也源于命途多舛，生活困逼，自卑卑微。然而，遇上别人尊重他时，尊重他的手艺或特长时（如编织竹器和蛇医杂医），他总会低头腼腆一笑。我知道，那是他最自信、高光的时刻。他持刀破篾，编织鸡笼，是多少年前的老把式啊。我最早的记忆是很小的时候，在祖居两座屋的下厅，在屋背的竹林下，他会织笠嫲卖，手艺传于爷爷，爷爷织得更挂势，更出名。我老是调皮地在爷爷织笠嫲的流水作业中玩转，爷爷的篾片总是高高举起，轻轻放下，色厉而心慈。那烦琐的手工流程，祖居的故人和旧事，那些芜杂的光景，和暖的亲情，历历在目。

长大后，对于父亲日常的记忆却生涩得多。父亲生来拘谨，也缺乏趣味，不求变通，导致了与母亲的冲突不断，吵闹不休，是家庭不幸之源。那是贫困的生活所赐，也是面对穷困缺乏信心的卑微表现。这种状况，长久影响着我的生活，影响着我的个性，也砥砺着我的人生。

不苟言笑的父亲的笑，是苦恼人的笑，源于朴素真实，直抵内心。那天父亲兄弟俩同在地坪同台献艺的场景，被众亲围观的光辉，是对他一生较大的褒奖，也是对他人生渺茫难得的安抚。他由衷地一笑，瞬间被我手机镜头捕捉，我细察他的欢欣，甚为欣慰，有什么事可以让他开心呢？我扪心自问，在他艰辛的人生中，在他和我在城里断断续续一起生活的许多年，我们何曾让他露出过如此发自内心的一笑呢？我很是愧疚。

这是痛怀至亲的日子，今天随意翻阅了手机相册，一瞥父亲的依稀的笑，记忆滚烫热辣，内心最柔弱的亲情之门瞬间被击开，热泪竟如忘情之水，奔涌流淌。

2021 年 6 月

李白说烟景阳春

宋玉谈阳春白雪

阳春是大雅之堂

我想说说，我想谈谈

Chapter 3

风 雅 说 谈

默默坚持拂晓前的奔跑

默默坚持拂晓前的奔跑

许多年前，我在家乡的小镇读着初中，日子过得有条不紊，除了功课，还有一样鲜为人知的趣好，就是拂晓之前的奔跑。独自穿过迷茫的夜色，跑过中学隔垌相望的大坪柳树林，翻过乔连胶场那个凹坳，跨过露珠凝草的地豆地……一个人，身着藏青色的廉价运动服，脚踏一双需要一次次涂抹白粉的白鞋，享受破晓前万物沉睡的静谧，让思绪天马行空，就像打墟边而过的那条从小看到大的河流。

我很享受这种奔跑，或称晨跑，默默地坚持，甚至坚定地认为，那是我的理想，更是我的自由。一直以为没有同伴，孤身走夜路，直至一个冬天的拂晓，我跑在夜色轻笼的大队部周遭的田野，看见一个青年人矫健的身影，擦身而过，相互微笑。打此以后，我们三番五次相遇，因而熟识，得知他是农场的知青，读书时练过长跑，有着健硕的体魄。他和我一样，在四季的每一天黎明前，坚持着一个人的长跑。

那时，我俩就像隐匿在这个小镇的神秘的异类，我们不约而同，继续在天亮前奔跑，不为人知。

那是一段美妙的时光，至少现在回忆起来是那样。我一直以为只有自己在孤单地摸黑跑路，多渴望身边有同样的呼吸声！在流萤闪过或流星划过的光亮瞬间，才发现，身边真有一些夜行者，他们行色匆匆，小心谨慎地察看着对方，然后继续奔向自己的目的地，渴望在黎明到来前完成自己的使命。

我理解他们，如同了解自己。我认为这个世界上有些事情可以暗暗努力，不希望别人知道，不妨碍别人就好。譬如我左邻的李姨，是位退休干部，少与街坊多说话。两年不见，却偶然听到广州的同学提起她——在他们同住的社区有着100多位退休老人的晨操队当太极剑教练；我得知，源于爷爷那代的老表后人，有一位奋斗到北京当了大学教授；才认识的那位叫张楚的青年作家，曾是我的同行，一直在单位上班，却默默坚持写小说10多年，不为同事、亲友知晓。

我以自己敏感的方式捕捉到这一切，觉得没有什么可奇怪的，就像我当年坚持黎明前跑步似的。他们在自己的人生江湖演绎着传奇，或许没有观众，或许暂没出现。

在循规蹈矩的职业生涯之余，我尝试着写作，锲而不舍，鲜为人知。每当夜幕降临时，我把自己投进书房，在电脑前敲打着我的文字，构筑我的仙境，然后以笔名，将一篇篇习作发于媒体。尽管文字并不华丽，也不深邃，但其中的温度和态度，是我最真实的感受。这种感觉安静而美好，不亚于当年夜跑。记得初始，我把那篇想感动自己的文字《清香发于野》投到《阳春报》副刊，编辑小谢是位真诚可爱、让人暖心的人，她电话询问我的姓名及寄稿费的地址，我隐晦地回答，她并不认为是矫情。不经意间跟文友谈起：那个笔名叫DZ的人，不显山不露水，不知为何而写作……

作为一个老文艺爱好者，我从2004年在《阳江日报》发表第一篇散文《西山观瀑》时起，一晃已经过了12个年头，漫长的光阴，换了多个岗位，从局办公室写公文、材料，再调到下属的城区单位，而后重回机关，每一天，几乎都被身边的人和事充塞着、包围着，让我无暇思考更多，只像一名断断续续的拾荒者，每年写上两三万字。

在局办公室工作时，认识了开文学网站的林君，他建议我将那些迥别于公文的文字以笔名发表在他的网站，居然得到素昧平生的读者给力的评赞，让我有勇气写下去。一段时间，《阳江日报》召我以橄榄枝，让我的小文频频露脸。后来林君调走，网站办不成了，我也调到下属的城区单位。

无穷无尽的报表审核、频繁如一日三餐的系统上在线培训、与精明的工作对象博弈，都让人疲乏，文采如乌云遮月一般，暗淡无光，但阅读的志趣却雷打不动，秘密地读，生怕为人所知，周遭充斥着喧闹声，甚嚣尘上。那时，只要别人知道你还会读书、写作，定会讥笑你"痴"或"狂"，在"疯狂"的年代，我的文学理想在凌乱的闹市中日渐冬眠，不知何日苏醒。

缘分真是个奇妙的东西。2013年春，我重返机关工作，遇到了生命中的挚友无无明，年纪轻轻的他，刚从基层调到局办当文秘。忽一日，他到我办公室找我，第一句话就说："听说你是一位文学青年，特来拜访你。"我就像一名被禁闭多时的囚徒，重见天日。我们谈王国维的三个境界，谈鲁迅、茅盾、巴金、林语堂的文学差异，谈美国杜鲁门·卡波蒂、司各特·菲茨杰拉德、莱蒙特·钱勒德的流行小说，谈日本的枕草子、源氏物语和川端康成、村上春树……不知疲倦，不知下班铃声响过。我们惺惺相惜，彼此慰藉。我像一座休眠火山，被一种巨大的动力激活，喷薄着能量。又开始了，我以笔名在报刊不断发着作品，其中最多的是《阳春报》；无无明侧重在省局网站的博客开创他文学的黄金时代。我们分享着文字的欢娱，在漠阳江西岸，在单位长廊，在饭桌旁，细声交谈，像寒夜的两把火，相互取暖，走过了瓷实而神怡的三年。去年，他调到上级单位，为更大的领导写讲话稿。

那一段时期，我就像一只落单的雁，非常孤单，又像一张好不容易才鼓起的帆，未待远航，就瘪了下去，文学的小船，面临又一次的搁浅。

在我百无聊赖之时，命运之神出现了。我意外地收到市文联、作协的召唤，邀我加入文学队伍。我就像一名散兵游勇，被收入正规军。那些关心、呵护我的领导的真善之举、殷切之情，那些可敬可爱的文学前辈，还有那些未曾谋面的读者，让我感受到写作的深层意义和理由，我应该好好感谢他们。在文学的土壤里，我呼吸着新鲜的空气，耕耘，也问收获。4年多的时间里，我加入了阳春市作协、阳江市作协、省税务作协，被选为阳春市作协理事、副主席，至此，我的业余写作，宛如当年的夜跑，从拂晓奔向晨光。

正如村上春树在他著名的演讲《高墙与鸡蛋》中表达的那样，超越国籍、人种和宗教，我们都是一个一个的人，每个灵魂都是独一无二的，都有选择自己生活方式的权利，这没有什么不妥。

时光似水，我会在每一个倥偬的间隙，想起那位与我一起跑过黑夜的知青。当然，我还会在每一个寒暑之夜，写下那些令我兴奋或忧伤的文字。

因为我相信村上春树的文学观："让个人灵魂的尊严浮上水面，沐浴阳光。"

2018 年 12 月

二十六载浮浮沉沉的文字缘

缘起山乡

本县与信宜县交界的一个山乡，是我初出茅庐之地。1991年秋天，在一个七所八站，我白天按部就班工作，下班四处乱窜，三五伙伴，行田垌，蹚小河，爬岭坡。多数周末，我骑一匹绿"嘉陵"上山下乡，两年走遍山乡的村村寨寨，俨然一地道"山民"。

我的"山民"青春，听凭野蛮挥霍。置身群山之境，入乡随俗，理想盘桓于深邃的大山坳，与世隔绝，这境况延续至1994年8月。

1994年8月，酷热夏秋，命运之神为我打开另一扇门。周末，一位邻镇工作的同事，业余采写新闻的范君，骑一台黑"嘉陵"，做不速之客，我待见他。我曾与他有过一面之缘，那时他揣着一叠通讯员证，有《阳春报》的，有电台电视台的，也有《阳江日报》的，他让我看他的通讯剪集，其中版面一新的《阳江日报》印象尤深。我暗暗佩服他，想不到，有一天他会突然出现在我的地盘，他要我带他走乡村。我不假思索，领他去找那些熟悉的村干部，两天下来他居然写了5篇通讯，装入信封贴上邮票插入邮筒。下一个周末，范君又来，带着成果，是几期《阳春报》《阳江日报》。我一目十行，意外见到文末作者，除了范君，也署我的名字，那是我和《阳江日报》最早发生的关联，我莫名的兴奋，真心感谢范君。往后，他断断续续来到山乡，我带他跑派出所，跑乡镇机关，写出了系列通讯，被《阳江日报》采用。

那年秋老虎猛烈，在山乡的长街，紫荆花开得正艳，我与范君、《阳江日报》初次结下了文字缘。

后来，范君终于没再来，无聊之下，我尝试自己写通讯，写单位大小事，写乡里江湖。最早发表在《阳江日报》的通讯是 1994 年 11 月 8 日的《山坪截获偷税香茅油》，再到 11 月 15 日的《山坪人出城不用愁》，之后一发不可收，小豆腐块变大豆腐块再变砖块，从二、三版到一版，从单一到综合。两年间，我写下了《山坪税务所挂牌》《扫除迷信三庙坛被拆》《八甲景区新年游者众》《卖猪农户失巨款　好心姑妈拾交还》《小医院摘除大肿瘤》等数十篇，无不隐含路上艰辛，文笔粗糙、幼稚，却有温度和初心。

不曾忘却，那些故事现场。有乡镇领导破阻力除迷信惊心动魄的一幕，也有农户丢失卖猪巨款后失而复得泪化倾盆雨，也有墟中那位号称大师深受大肿瘤之痛被三叶场医院解除之幸而央求我为他登《阳江日报》点赞小医院大医生的痛快，也有人生最晦暗那一年春节寄人篱下足不出户写稿的忧伤。光阴如逆旅，我亦是行人。我相信村上春树对文字写作的看法："让个人灵魂的尊严浮上水面，沐浴光照。"与《阳江日报》的文字往来，尤其如此。

1995 年，《阳江日报》发我特邀通讯员证，就像一名民兵终于发了枪，惊喜不言而喻，我将其带在身边，攻城略地，自豪与自信心爆棚。

光阴流转至 1996 年春，春光明媚的一天，喜鹊鸣枝，山乡下来一拨人马，那是我的上级领导，为调动我到机关写材料而来。我一脸愕然，原来上级知悉我在《阳江日报》发表通讯。惊喜之余，我卷起行囊，离开爱恨交加的山乡。

缘沉缘浮

1996 年至 2004 年，我在机关做文秘工作，几乎每一天，都与文字打交道，写领导讲稿、工作报告、总结，挑灯夜战，案牍劳形，离山乡自由写通讯的日子渐行渐远，与《阳江日报》的缘分也奄奄一息。

2003 年，在循规蹈矩的职业生涯中，我结交了开文学网站的同事林君，他趋向文学之光的文字，激起了我沉睡多时的文学因子，伊始尝试写散文。我把遇见的感动写成散文《清香发于野》，以笔名发表在他的网站，居然得到素昧平生的层层"楼上"评赞，士气大增。

2004 年夏，暑气逼人，我和同事直奔西山观瀑，归来写了散文《西山观瀑》，直寄《阳江日报》。三天后，林君手抓一张《阳江日报》，在办公室疾呼，端子的散文登报啦，大家快看。同事们围过来，争先传阅，记得林君说，看不出平日写惯规矩枯燥公文的端子，居然写得出风格迥然的散文，大跌眼镜！我记下了，这是我与《阳江日报》文学缘的开端。

我与《阳江日报》再续前缘，已由 10 年前的通讯员华丽转身为文学作者，浅尝甘露，兴趣勃发。每当夜幕降临时，我把自己投进书房，在电脑前敲打我的文字，构筑我的境界，以笔名投稿《阳江日报》。尽管文采并不华丽，思想亦不深邃，却是我最真实的感受，这种感觉安静而美好。一段时间，《阳江日报》召我以橄榄枝，让我的文稿频频露脸。我记着一个个未曾谋面的为作者做嫁衣裳的编辑名字，想象中是多么优雅，令人肃然起敬。

后来林君调走，网站不办了，我也调去业务部门工作。我尝试逃离文字，却发现与其竟是那么难舍难分。

与业务打交道的日子，我坐在单位的角落，审核报表，与精明的服务对象博弈，下户调查，让人疲乏。那五六年间，我放逐自己，混迹于朋友的"拖拉机"牌局之间，周旋酬酢。"疯狂"年代，文学理想被纷扰所淹没，我与《阳江日报》的缘分遭受风吹雨打。

牵手前行

2013 年，我调到机关任部门负责人。那一年，办公室从基层新调上来一位年轻人。有一天他突然造访我，开场白坦诚，他叫大明，暨南大学新媒体专业毕业，6 年前考入一家国企，被安排到粤东山区跟踪一个项目，3 年疲于奔命，现实与理想格格不入。3 年后，他通过省考进入本系统，在离市区 13 公里的基层单位工作，相比之下，这环境让他感到欣慰，业余又专注于写微博、写散文、写小说了，在上级内部刊物发表，也向地方报刊投稿。我俩开始谈得拘谨，后来畅聊文学，也谈远近作家。他仿佛是一名孤独的夜行者，持着火光寻找同类，他闻到了我的气味，于是我们相遇，冷寂多时的我，被这把火光温暖和呼唤着。

大明对《阳江日报》副刊保持热忱而独立的见解，他说副刊面向全国征稿，为本土文学一块高地，要想在海量的文稿中被编辑捞中，得努力成为一尾有分量的鱼、一尾棱角分明的鱼。我深以为然，如遇知音，一起在文学路上奔跑。

又开始了，我以笔名在《阳江日报》副刊投稿，不时发着作品，大明更是文学活力四射，身为微博、上级内刊、省市报刊的写手，游刃有余，无论数量与分量，我俩相互分享发表作品的欢愉，化作前行的动力。

后来，我被当地崇敬的文联、作协领导引入文学圈，有缘结识了来自各行各业的一众文友老师。记得加入阳江市作协后第一次年会，是市作协与阳江日报社联办的，以后又无数次双方携手举办名家读书会、征文、采风、文学讲座等活动。在这些高雅的场面，除了市作协的领导、文友外，报社的社长及其他领导、编辑等，都纷纷亮相，在频繁的文学活动中，见识了他们的才华及文人大俗大雅的品性。

我曾一次次走进坐落于市区湖畔的阳江日报社大厦，以征文获奖作者之名受邀参加会议，参观阳江日报社的全媒体运作系统，尤其是"中央厨房"、各大版块，耳目一新。近年来，以文学爱好者身份多次参加阳江日报社主办的本土颇有影响力的文学讲坛，以作者代表的身份参加阳江日报社举办的作品研讨会和各类庆贺活动。引以为豪的是，我的小作屡次入选《阳江日报》主编的丛书、文集。文学、文字、文友的往来，多以报社、作协为桥，领导、编辑、文友喜相逢，写稿、投稿、交流次第流转。这些年来，我越来越感觉《阳江日报》是推动阳江文艺繁荣的一方大舞台，一处充满人文关怀的文艺驿站。

岁月如歌，一如那首《牵手》老歌："因为爱着你的爱，因为梦着你的梦。所以快乐着你的快乐，追逐着你的追逐。"《阳江日报》君，与君牵手26载，亦师亦友，浮浮沉沉的文字缘荡气回肠。

2020年12月

志趣何在

——读民国《阳江志》（点校本）

向来爱读史志，20 世纪 90 年代初参加工作时，本县新编纂的县志甫一出版，随即购阅。从浏览到通读再到分篇研读，文摘笔记，分门别类，将乡土阳春人文、风土、天时、山川等了然，助我思辨，助我写作，纸上得来亦非易。21 世纪，有相识的外来主官调来，我极力推荐其读县志，他们亦欣然接受并刻苦补读，作资政之鉴。县志伴我行，20 载如一日，亦步亦趋。

吾乡出良志，学而时习之。新近，收到市史志办主任陈宝德先生赠阅的《民国阳江志》（点校本）（下简称《阳江志》）的半年多来，爱不释手，不时变换着它的方位，休息日置于书房，边读边标识边做着笔记；晚睡前放在床头，三更有梦书做伴；时而带到单位，忙里偷闲时翻阅。如此吸引人的《阳江志》，志趣何在？

一

首言地理之趣。古人云："邑志者，名主地理而义衷国史者。"又闻勘舆师傅云，初到贵地，先问土地（神）。俗话说，入乡随俗，一方水土养一方人。可见地理之要，为人事依存之本。《阳江志》煌煌 39 卷，开篇即为地理志，曰沿革，曰疆域，曰星野气候，曰山川，曰要隘港湾陂堤，曰风俗，篇幅 7 卷。开卷读之，阳江地山川村陌、墟市风俗、要隘堤湾，无论巨细，言简扼要，一目了然，借助段雪玉教授恰到好处之按，得以解惑。

身为阳春人，自幼便知"两阳"一说，人云亦云，似懂非懂，非读《阳江志》不知其所以然。人为过客，地是主人，虽比邻阳江，却不可走遍。《阳江志》的面世，可让我们博览阳江，结合身体，踏遍阳江青山人未老，那些物是人非的城乡村落，那些杳无可稽的地名，那些熟悉或陌生的风俗，那些抽象而玄奥的角度表，无不令人沉思，引人探索，发人感喟，身未至而思已远。

二

识人文风物之趣。建置志，追索古往，考之有据，承之有法。如县城源自南恩州旧址，娓娓道来，泾渭分明。详叙坛庙、古迹，大至历史由来，细至供奉诸神，祝词祭礼，无不毕细，可资传承之鉴，可供文史之考，可供志趣之读。如张太傅祠志，有史考，在勘实，有解惑，有结论。结合之前的走读，笔者填补读了一段悲壮而扑朔迷离的史料，对张太傅及祠的历史地理认知上升到一个新阶段。而那些朴素动听的古渡名，似曾相识，无从考究。志话阳江与高凉的沿袭与关联，不由让我想起日本那部质朴的散文名著《枕草子》里的叙事，短小精致，却颇为有趣。教育志详列了清代阳江的学宫、学额及学田的诸况，而濂溪书院、南恩书院、七贤书院、石滩义学、阳江义学等书院义学浓墨重彩，彰显其重。记载清朝学宫祭典礼仪，繁文缛节，不厌其烦，叹为观止。再看罗列清光绪之后诸学堂清单，各学堂经费，足见官方重视公学。了解到民国《阳江志》的三位主修官何铨、梁观喜、林钟英曾是堂堂的学务公所、濂溪书院总监、中学堂、两等小学堂的总董、总理和校长，另知悉阳江名士、先贤姜自驹等，亦是学堂教育的先驱人物，他们为阳江早期的教育做出了不可磨灭的贡献，名垂史志。

食货志四之户口，历记唐至清康熙年间阳江地的户口数，从唐到清康熙千年间，人口从数千人增至 46.7 万人，为社会经济条件和生活水平所限，而清康熙至今 300 多年中，阳江原地域（不含阳春）人口达到 130 多万，不可同日而语。课税志是重头戏，体现了历史上国家赋税制的变革，从之前的直接课粮物到课以钱银，各朝税率不同，百姓税负亦有参差，官府开度量入为出，罗列备至，此系民生切民情之志，可作后世资治之鉴。物产卷读来最有趣味，所占篇幅亦最大。其中粮食、果蔬、竹木、花草、南药、禽兽、海产、矿产等等，一一细志，来源物效，形状长势，如数家珍，多为今天仍在享用之物。亦记述一些珍稀物品，如缩砂蓉，即今天的生砂仁，曰阳春特产，八月采之，以嫩者浸蜜，货售于岭南之外为最珍贵，其税颇重。还说到鸿雁、豹狸及林林总总的海产，不可胜数，令人眼界豁然。阳江自古物产富饶，可见一斑。

三

知晓兵防战事与为父母官之趣。阳江志所记重大兵事，莫过元军灭南宋之于广东厓山一役，张世杰船败至海陵遇飓风溺水而死事件。其余兵事多为兵与盗匪战事。阳江历朝匪患不绝，最大匪事为清康熙年间福建杀来的猖獗海盗郑锦，朝廷不得不令沿海居民内迁，阳江海陵岛居民亦内迁 30 里，撤庐毁田，挑河为界。官兵重防海盗，与之持久战斗并取得胜利。山匪之乱，以清咸丰、同治年间三水人陈金缸匪患为剧，陈金缸聚匪众数千，攻城略地，杀人越货，祸害多年，兵民死伤甚众，后终为官兵肃清，还社会以短暂的安宁。

统率一方的，乃文武官员。《阳江志》列唐以来历任阳江县令县佐、主簿、曲史、教谕、训导、州判、巡检诸文官，及参将、守备、把总诸武官，担任其中不乏有为于一方的名吏良臣，志载其事绩。如隋唐时期大臣冯盎，担任宋康县令期间，帅兵阳江，卒定粤地，使洞蛮惊惧，为阳江社会稳定做出了重大贡献；周敦颐，提点刑狱，以洗冤泽物为己任，平反冤案，恩人感之，立祠以祀；黄公度，清滞狱，除横敛恶俗，置田兴学，受时人颂；梁国杰，阳春人，勇略素著，防战海贼，海寇屏迹，无敢入犯；陶鲁，专治盗贼，悉心防备，平阳江贼，改迁阳江学宫，规制始备。政声人去后，志史俱载之，贤官清吏，不胜枚举。

《阳江志》还记述了阳江各朝选举贤能诸事，通过荐举、科举、仕官、封荫、从朱等方式渠道，让贤能者成为社会管理者。阳江人物志分为列传、列传（释老）、列传（老寿）、列传（列女）、列传（寓贤）5卷，其中入列传者104人，列传（寓贤）载10人，他们或为本地名士贤人，或为朝廷命官，或为遭贬官员，如谭敬昭、胡铨、汤显祖等等，他们仿若阳江地历史时空的群星，闪烁着恒久不灭的光芒。

四

作为业余写作者，阅读《阳江志》，最大乐趣莫过于品味其文学性，对三位主修大人的文史地作为钦佩不已，而此前一丁点也未听说过他们，甚为孤陋与惭愧，愈如此，愈觉奇崛。

《阳江志》素材丰厚，源于比邻，似曾相识，似达未达，令人向往而心生探索其奥秘之意。而文学之美，美在文字，哪怕引经据典，长短句式叙事说物，言简意赅，读着朗朗上口，让你仿佛不是在读一本刻板乏味的地方志，而是遇见字句优美的南北朝骈体诗，或体味日本《枕草子》的文学格调。建置志三津梁通篇皆是，俯首可拾，"那龙长渡，客家雇船，由那龙墟连城西""北惯渡，一在墟上，一在墟下。上过许范渡头，下过邓屋寨渡头村，又一连城西"。又若古文名篇，地理志四山川一，"山脉自阳春县南来，至此始，入阳江界北。境多峻岭，层峦穹窿杂袭。旧志称雨霖山为邑城诸山之祖，而不知雨霖以上，尚有此山也""雨霖山在城北八十里，深林密箐，虽烈日中，叶露恒滴。四时多雨，故名"。建置志四之古迹以地理历史散文著称，如记名胜借山亭、金鸡阁、张世杰墓，皆史地文合一，庄重严谨，又飘逸灵动，多用短句，夹叙夹议，间以问答，文法几与《水经注》《徐霞客游记》《醉翁亭记》诸名著名篇如出一辙，地理融入文学，文学寄寓地理，甚妙。食货志四之物产，记述阳江旧风物，一物成篇，或同科同属共篇，娓娓道来，如话家常，如博闻强识说科普，如读清少纳言"类聚式章段"，名诗谚语信手拈来，引人入胜，宜秋来闲读，妙趣横生。

　　人物志在塑造人物形象方面有很高成就，文学形式或历史小说或人物散文。列传5卷是一个整体，而每一卷每一篇又是独立的，形成了多姿多彩的文章风格。有的寥寥几语，而形神兼备。如："许信，字以孚，嘉靖初以贡授德化教谕。年四十即解组归。隐居三十余年，淡泊寡营，超然物外。""林凤翀，字家梧，万历初，以岁贡授临桂训导。导官谦谨，比告归。杜门自守，不事封殖。睦宗族，置义田，有范文正之风焉。"有累以数百言，细叙其平生，反映社会风貌或历史背景，如姜自驹传、邓琳传、谭敬昭传、胡铨传、沈思孝传等无不如是。还有的娓娓动听地叙述一个历史故事，如观秋水，清澈见底，像汤显祖传等，在平静的叙述中别具一番趣味。

　　艺文志中的金石篇，考载了数十处诗、书，无论作为书法临本，或是诗词之究，或是文史之考，皆为阳江古代原创文艺作品提供了载体，弥足珍贵。

　　掩卷之余，长喟叹之，《阳江志》三位主修官心力之勤，久久为功，熔文史地于一炉，十年铸一剑，遂成良志，此为主编之一梁观喜所追求与实践"《武功》《朝邑》世推康、韩二作，上媲《史》《汉》而吹求者"之果，可敬可赞。方家言，民国《阳江志》为前志所不及，足以资治，足长见识，足生阅趣，何不读志！

2018 年 7 月

绿水源诗话到底有多美

——读利庆伟先生《绿水源诗话》

接到市文联、市日报社、市作协等单位联袂发出的利庆伟作品研讨会征稿令时，是 2018 年 5 月底的事，时令处在小满与芒种之间，各种农事在忙，国事在忙，我的单位正经历着一场重大改革，革新前夕的彷徨与焦虑，晕头转向的忙，像黎明前的黑夜。迷茫难解时，利庆伟先生的新著《绿水源诗话》（下称《诗话》）走进了我的生活。其此前一直被我束之高阁。

沁绿的封面，新鲜养眼，恰似大漠中的一块绿洲，那是饥渴苦旅者最美好的遇见。一个月又 15 天来，《诗话》一直躺于我床头，伴着我。读它，成为我午、晚睡前的例牌课，我一篇一篇读下去，并用铅笔在书上留下痕迹，我喜欢把篇中奇妙的论述勾勒出来，唯有这样，方可专注地投入绿水源的诗话世界。《诗话》亦待见我，化作一味安定剂，让我神经松弛安稳睡好。

初读，随手一翻，便是一篇《八面入诗法》，新颖别致，言简意赅，诗例撷选古今中外名篇，诗话恰到好处，活泼而不轻佻，理性而不失风趣，开门便是我喜欢的菜。再翻，便是《才思生格调》《诗的加层法》《通透的灵性》这三篇，情形无不如一，顿时再添几分欢喜。于是登堂入室，自然地浏览目录，概貌一目了然，真大家风范。寻思着先速读一遍，再精读一遍。这是我一贯的阅读习惯，在这个颇具强迫症的流程中，多少书籍在这一关或那一关被卡壳，未能进入我的阅读世界。

　　实话实说，我是个十足的文采控，无论题材多么好，骨架多么硬，若文采太烂，统统拒之门外，或许这有失偏颇，但个性使然，无可厚非。此前，我读过古代经典文论诗评，比如《毛诗序》《文心雕龙》《诗品》《诗意合璧》《古诗源》《文赋集释》《人间词话》，此外，稀少读现代诗评类著作，而更偏重读小说、散文及其评论。那是口味的缘故，让我有羞愧感，但我喜欢这种羞愧感。

　　早前，对利庆伟先生，只晓得他是一位易学家和书法家，不时在报刊读到或从江湖传闻中了解到关于他易学的高论，以及其功力娴熟的书法，我一直对其保持仰望的姿态。惭愧的是，他的诗和诗评我未曾读过。认识一位作家或诗人，最佳的途径当然是读他的作品，即便如此，我仍忍不住先在百度搜索利先生的相关信息，这是为读懂他的《诗话》作简要的准备。很欣慰，利先生不愧为名人，他造诣精博，首先是国内外闻名的《易经》学者，然后才是国家级书法名家。他的文学成就也不容小觑，作为广东省知名作家，他曾担任过不知让多少文艺青年景仰的《阳江日报》文艺副刊部的主任。我惊讶地得知，他还是音乐、体育裁判方面的专家。如此一位博学多才可爱的家乡名人，我着实有点崇拜了。如此情形之下，我得小心翼翼地读先生的《诗话》。

　　尝试以易学之理入诗，是《诗话》最鲜明的特征。利先生别出机杼地借用《易经》中数十个象、数、形、理、义等原理，尝试开辟诗歌创作理论与实践的新径。我早先对易学有所涉猎，对易说话诗颇感兴趣，《诗话》头一篇是《"得象忘言"入诗》，透过王弼提出的"得意忘言"对《周易》言、意、象的研究，揭示人们认识事物的方法论。王弼认为象、言在认识事物过程中只是一种手段，一旦目的达到，手段可抛。利先生扬弃了王弼的观点，指出这种"过河折桥"式的理论不应宣扬与践行，而在诗歌创作方面是值得研究和借鉴的。经他轻轻一点，茅塞顿开，诗歌果然可法"得象忘言"。另一篇《意象返终》中，利先生提出借鉴易学"至极则反"的哲学命题，创新诗歌创作技巧。简单地说，是当一个诗的意象达到顶点时，则倏然转移到它的初始重新构筑意象。以美国诗人爱米·罗厄尔的《街衢》和法国诗人波德莱尔的《人与海》二诗话之，皆有异曲同工之妙。《象立象隐》阐述了先把诗中要表达的意或象立起来，等其成长丰满了，再隐弃。利先生的诗《漠阳江》是这样，德国歌德的诗《琴师》亦如此。类似的易理话诗之作，还有《玄诗释奥》《唯深通志》《一诗两体》《"乘承"诗》《"比应"入诗》《"互体"入诗》《"旁通"入诗》《诗曲而中》《唯诗成务》《意象叠加与现象罗列》《诗歌的"穷变通久"》《"两仪"入诗》《"四象"入诗》《诗的阴阳刚柔说》《诗之隐秀》等数十篇，或借易之卦，或借易之爻，或借易之系辞，诗话话诗，深入浅出，惟妙惟肖，短小的精悍，长篇的流畅，展现出作者对易学究之深，对诗学探之透，对易、诗关系轻车熟路的把握，读着如沐春风，又似吃了人参果，浑身畅快。

如果说利先生只会以他精微的易学话诗，就大错特错了。人生才过六旬的利庆伟，俨然一位生活家，我更愿意这样称谓他。百度搜索可知，他的社会经历惊人的繁杂，他当过农民、工人、士兵、雷达操纵员、标图员、电机员、文书、海员、演员、厨师、推销员、技术员、函授教师、团干、编辑、报社文艺部主任、党支部书记，各行各业，林林总总，无不涉猎，诚如刘勰《文心雕龙》所言"操千曲而后晓声，观千剑而后识器"，学识、见识来源于直接或间接经验。利庆伟先生人生丰厚，务一行，学一行，专一行，博学诸子，涉猎古今，融汇旁通，厚积薄发，终成大家学者。

《诗话》中，利庆伟先生除了创新性地以易说诗外，还融通佛、道、儒（易说也是儒家一部分）之道，遍览古今中外文学、诗歌及论著，熔炉成一部诗话，囊括了作者趣然而多彩的诗观诗法，愈读愈觉眼前真乃一个精彩纷呈的万花筒，那么美，那么鲜，那么玄，那么多变，令人入迷！正如作者在后记所言："人对诗的追求有心理需要；人有爱恨，有对美的精神追求，就有对美的表达。当生活中让人欺骗、让人悲伤、让人迷茫、让人孤寂的时候，我往往会面对诗歌，寻求那精神的家园与精神的天地。实践证明，只要有人的地方就会有诗，因为诗是黑暗中的灯火，是苦难心灵的慰藉。"

　　速览目录，一条条标题朗朗上口，便知道绿水源诗话到底有多鲜美。试枚举之，《生活淘诗》《诗的个性特色》《灵感源于刺激》《才思生格调》《雅丽入诗》《诗要争气》《形象大还是思想大》《无情不诗》《诗胆与诗识》《诗有眼吗》《写诗要有襟抱与学识》《诗要自然美》《醉美入诗》《诗要成为治世之音》……及至细阅，你更发现一颗颗珍珠散落书页间，我小心翼翼地标识之，一来可以证明我确实跟它们打过照面，二来重拾后，一目了然，不走宝。

　　"美人之美，美美与共，天下大同"，美的主旋律贯彻着《诗话》的始终，飘逸着作者的言辞之美、审美之美、体裁之美、文学之美、思想之美。譬如《诗的个性特色》中，我留下标痕的一句是："在创作中，自然萌芽以至能成为独特个性的东西不能放过。那是最可贵的东西。只有自己在创作过程中发现，在客观景物中、思想意识中显现出来。"《雅丽入诗》短小精美，例诗撷取了班婕妤的《怨歌行》，寥寥数语，便道出"诗写得雅丽，言辞高雅不俗，诗句又清丽，如'鲜洁如霜雪''团团似明月'"。在《无情不诗》中，作者遍引古今经典诗论，凝练而成"艺术的情应当是美的情，只有美的情才具有魅力，才放出光彩，才能让人陶醉"的美学观。身心感受之，难道不是吗？《诗力的运用》开门见山指出"诗力是诗与力及其气自然形成，好像人一般，由骨与气构成生命力"。《诗品》《文心雕龙》亦如是说，岳飞的《题青泥市壁》，风骨文采互现，便是例子。又如美国黑人诗人克劳德·麦凯的诗《如果我们非死不可》，在全世界广为传诵，曾被丘吉尔引用，成为反法西斯的战斗口号："如果我们非死不可，让我们死得高尚，我们宝贵的鲜血才不至于白淌……纵然众寡悬殊，让我们鼓起勇气，用致命的一击回敬他们的千击！"突现了诗的力度，爆发出一种催人奋发的力量。《诗胆与诗识》则扼要直言，诗胆是指诗的勇气胆量及进取精神，诗识是指才学。两者不可或缺。《自然者风》阐明诗贵自然，体现自然之美、艺术之美，陶公"采菊东篱下，悠然见南山"便是典范。《诗要有骨有肉》引用《左传》之"宋华父督见孔父之妻于路，曰：美而艳"，明代大才子杨慎解释"风"是"艳"，"骨"是"美"，作者一语中的：

"没有文采的诗任凭你有什么骨气都不是好诗。"《诗意诗象与意象》一气呵成，指出意象入诗是古今中外诗歌审美的原则，是艺术美的主旋律，更是中华民族心灵的写照。

利先生还直陈柏拉图的理性入诗说不合时宜、作诗四忌、回避"点鬼簿"、不死在诗下、远离丑诗等诗观，旗帜鲜明，不偏不倚，让你作诗读诗懂得思索，懂得取舍，有所为，有所不为。

去年 7 月中旬的一个周末，我读完《诗话》最后一篇《"分而再合"可以入诗》时，心头为之一振，仿佛是一种天意的契合，恰逢我所在的一个庞大系统分设 24 载后再合，拟于这一年的 7 月 20 日挂牌成立。从 3 月至 7 月，机构改革的砥砺，是焦虑的人生历程，所幸，《绿水源诗话》伴我飞过了这段黑暗的心路，我吟唱着《"分而再合"可以入诗》中台湾诗人舒兰的一首《鸟》：

久久不见那只蓝鸟的造访了

在我灵魂的窗前

无声地飞过去的

是一群群白色黑色的鸽子

一群群白色黑色的鸽子

无声地飞过去

在我灵魂的窗前

我念念于一只光亮能言的鸟

"诗以叙事""诗言志"。"分而再合"可以入诗，千真万确。在我心境混沌、前路渺茫之时，我念念于一只光亮能言的蓝鸟，它无声地飞过去，在我灵魂的窗前。

世间之事，怎会如此机缘巧合？

2020 年 8 月

站在五米开外说话

年初七人日这天，阳光很好，在家憋了多日，实在是想出门晒晒太阳。

打开后门，后巷空荡荡的，连一只雀影都见不着。抬头望，天似海蓝。站在巷了，如坐井观天。半巷的野生植物绿意荡漾。空空的脑袋，倏忽冒出一句唐诗，"城春草木深"。

巷向东西延伸，我住在中段。去年创建国家卫生城市时，工作队请钩机将街坊割据多年的一垄一丘的菜刮须一样刨去，秋冬以后，空地上长出了各种野生草本植物，有二月艾，有五月艾，有狗耳朵，有苋菜，有薄荷，还有紫苏……又养眼又养肺。

大片的阳光倾在我的身上，一阵阵寒风刮过，我打了个趔趄，感受着一股不太踏实的温暖，让我怎么都不敢开心。

远远看见，东头有邻居行来，见了我，便扭头折返。换上往日，肯定是会和我打招呼的，至少点点头。一种孤岛感悄然爬上心头。

我向巷西头踱去，私家楼一幢紧挨一幢，都市的邻居，平时也难得一见，何况此时。

我一下子变得机警起来，羚羊挂角一般，在野花野草繁盛的一块畦地前止步，端详起眼前的花草。阳光下的花草见了我，和蔼可亲，它们也多日不见人了，寂寞无聊吧，彼此见面，一如久别重逢的兄弟。

就在我低头和花草交流时，后面的一户邻居的门吱一声打开了，出来一位60上下的阿姨，戴着口罩，一眼瞥见我，也不慌不忙地，犹如那片野草，垂着双臂，站在门口。

我站起来，欠身向她点点头，她也友善地回点了两下头，轻声问道，找什么呢？我说你这片野生二月艾、狗耳朵、紫苏怎么长得这么好啊？她说时不时浇了水的，长得就快了，你要拾吗？拾一些回去做粑、煲汤、炒菜吧。我摆了摆手说，谢谢啦，我那边也有，说着朝巷中指了指。她说哦哦，邻居呢，平时少见不相识，我说是是。

我留意到，她家门前台阶上的两盆杜鹃红山茶长得忒好，绿叶丛中爆出一枚枚花蕾，紫红黛青的，又大又瓷实，含苞待放，使屋宅显得生气勃勃，我啧啧赞叹。她笑了说，没什么，平时得闲，花点工夫弄弄，这后巷的阳光雨露也好，这不，结出一树花蕾。说着，她向前迈出一步。我们的距离约莫在5米开外。

我下意识地后退了半步，她马上也意识到什么，猛然退回了半步，彼此的距离扩大了一点。见我赞赏她的杜鹃红山茶，她似是找到知音，便从花的由来到浇水、松土、打肥、裁枝、保花，将一本养花经说得头头是道。我记得特别清楚的一句话，她说，花也好，人也好，天养五分，人养五分，不要违反自然规律就好。

我见红山茶树上隐约有几枚苞蕾爆开，吐出鲜艳。于是靠前半步，凑近闻闻，一股沁人心脾的天然香。

我夸阿姨，您真会种花，这后巷，最好的花就是您家的了。她呵呵一笑，说退休了无聊，就在楼顶育花，有盆植兰花10多株，还有红山茶10多株，家人不怎么爱看，难得遇见好邻居，还是对花这么偏爱的，我送你两盆吧。我连忙后退了一步，说谢谢阿姨，君子不夺人之爱，得闲我来赏花好了。

阿姨见我婉拒，也不再坚持，说也好，眼前是特殊时期，就不请你入屋坐了，过些日子气候好了，环境好了，春暖花开，欢迎你再来我家赏花。

此刻，我站在阳光下，阿姨站在她家屋檐下，仍是恰当的距离。我说再见，谢谢您，阿姨，过年好。她笑着说，大家好，花开富贵，竹报平安。

　　近处，传来一阵爆竹声，响过之后，后巷愈加空寂，阳光和空气静静流淌。不是见不到人的缘故，而是一种氛围的恐惧和纳闷。

　　回眸一瞥，朦胧中听见花开的声音，啪啪，啪啪，是那两盆杜鹃红山茶。过几天，便是立春了。

2020 年 2 月

　　（该文 2020 年分别在广东作家网、广东文坛报、阳江日报登载，入选阳江市文联抗疫优秀文艺作品展）

七月观阳春崆峒山

城西崆峒山门洞开

凤凰树鸡蛋花并肩而立

前者为吉祥的化身

后者乃天使的前生

七月我披着晨光走过

百劳鸟从山壁的石栗树高飞

唱着那首恒久悦耳的歌

四方信客闻声而来

自信崆峒神佛庇佑苍生

四方佛白烟缭绕扑朔迷离

树影沉静月池树梢仰望秀峰

迷妄者必有迷妄之虞

通达者自有造化之法

峒内坐井观天迷者踌躇

峒外广阔天地过客匆匆

注：阳春崆峒岩，城西去10里，距单位6里，为中国四崆峒之一，佛道儒三教合一圣地。峒有四方佛像、孔圣像、神像及文人、地方官墨迹，如"岩亭"。门外火凤凰与鸡蛋花并立，前有月池，侧有古石栗树，高处为秀峰。从前有僧侣驻，后远走，余方士，为求者解厄。7月之晨，瞻望成诗。

2020 年 7 月

何事长向别时圆

腊月十六，冬夜。

云层厚积，我想起了北冰洋的冰层。

十六的月，如日中天，孔武有力，破冰前行，力透纸背；又如春雨犁田，所向泥翻，犁辙深深，有如"雨过天青云破处"。

奈何云层厚积，遮遮掩掩，似心事满怀，欲说还休。不若冬夜寥廓，冬月天马行空，无拘无束。

这天早上，父亲吃过早餐，突然说要回老家，要走路去重修后新开通的一桥桥头等车。我说顺便搭你去吧，他说慢慢行得咯。我思忖着，3公里多的路呢，你慢慢行得大半个钟头吧。最后勉强扯他上了车，搭他一程到一桥等车。

逆着暖冬的风向，驾车走过开阔的新通车的一桥，左顾右盼，久旱河干，水落石出，漠阳江一氹水的河床犹如瘦骨嶙峋的老人。苍凉之感，幽然而生。

过了中秋的月色，少人观赏吧，即便没有云层阻隔，一轮寒月也冷飕飕的，拒人于千里之外。

独上楼台，我仰望云中满月，黯淡的月亦瞅我。人月对望，何事长向别时圆，此事古难全。怅然而憾。

2019 年 1 月

今天宜思念

今天，宜回望，宜感思

关于一个人，一些往事

她侍弄过的菜园，她耕耘过的坡地

此刻，在听着一首歌，在敲打几行字

给我一朵蜡梅香啊

蜡梅香

那母亲的芬芳是乡土的芬芳

2021 年 5 月

人生若只如初见

小河、流水、光阴，一如我初出道当年。人生履历，不可重头填写。

我注定与这个时称乡的地方发生关联。这处群山绕境，这处山沟山窝，伊始了我的职业生涯。

那一年深秋，三位高校毕业生落足于山乡僻壤。山街路旁，紫荆花簌簌飘舞，落英缤纷。

我们分别走进尚不足 100 米的两个单位报到。

那是 20 世纪 90 年代初，山乡一年降临三位同姓同性的大学生，在巴掌大的山乡，在机关单位，在街头巷尾，成为热谈闲聊的话题，有好奇，有惋惜，有同情，我听到的更多的是嘲讽，看到的是鄙视的眼光：大学生不值钱了，读书有鬼用耶！

事实上，自恃清高的大学生，一旦回归乡间，在那时刚开放的时代，在农业尚属卑下的社会，鄙视的氛围会瞬间淹没你的自信，卑微感、羞涩感、压抑感，足以摧毁你。

幸亏同行有三人，工作之余，可以结伴同行，才不太易为世俗吞噬。

夜风凛凛，三人挽手并肩，踏步走过静寂的街头，唱着张国荣的《沉默是金》，刘德华的《一起走过的日子》，歌声在山谷夜空回荡，与天时处境相比，显得格外突兀，却激荡着三颗失落的心，越卖力嘶吼，心越澎湃激越。

通常，从乡政府走开去，走过墟中的工商所、供销社，到墟尾过桥，上坡到中心校，爬上100多级台阶的电视塔山顶，说是山顶，也不过是一座小山坡，因地势的缘故，在此处可以一览墟街。寥寥数百户人家，夜里看，点滴相连的灯火，还是让人惊奇，惊奇于这重山之中，还有一个乡，一级乡政府。

就这样，我们惊叹命运，而又不屈不挠，死磕着。照例是，白天奋斗在岗位，以朝气蓬勃的大学生形象示人，晚上则自怜自艾，在冰室、小卖部、电视塔，聊天、打牌，蹉跎岁月，挥霍时光。

每月的一个周末，搭一次长途车去县城，我们美其名曰保持与世界的联系，不至于太快让山乡闭塞自己。

日子一天一天过着，消磨着意志，荒废着理想，荷尔蒙开始蠢蠢欲动，理想天高地迥，现实骨感痛苦，终于各自开始了青春恋歌，遑论结局如何。

在一段浪漫青春岁月里，我们三人从同病相怜，到各自猜疑，到各奔东西，轨迹分分合合，初心已丢失。

想当初，寒风凛冽的冬夜，三人夜步走过墟尾，去到三级电站的热水桥，下去桥底的深潭洗身，身心俱凉。

曾记否，三五黄昏，混杂在村民之间，深一脚浅一脚行过热水垌的田埂，毫无顾忌地脱了衣衫，跳入河边的天然温泉，听河水哗哗，蛙叫虫鸣，览葱茏环抱，青山作屏。身边是面熟不相识的乡民，他们或谈农事，或说鸟兽，或聊种养。彼此不设防，不相扰。

热水河温泉，一处和谐之境，快活之泉，且不说其消疲累的功效，单是那氛围、那环境，便是我们的百乐园。

有那么几次，我们有幸被乡最高首长邀去洗澡，去热水桥头的深潭，或到热水温泉，提着水桶，带上沐浴物品，骑着摩托车走在路上便是快乐之途，路人投来羡慕的眼光。试想，就那么三五人，有书记，有乡长，有我们仨，感觉多么了不起啊，虚荣心爆棚。

那时黄同学在乡政府办工作，当副主任，中文系毕业的他，笔头、口头俱佳，工作得心应手。有一回，他到热水村开村民大会，我陪他去，在群众热切的眼神中，我读得出他深受乡亲们喜爱。那时正值社教运动，他常常和来自市县的工作队员一起去热水村，只要我有空，便一同前往。公事毕，晚上便可以去热水温泉泡澡了。

今晚偶然看到王电老师的朋友圈，见到了久违的热水图，倏忽触碰到我记忆深处的门阀，往事浮泛，手记下，致永恒逝去的青春。

后来的如今，我们仨，一位成为市领导，一位被罪恶的酒精祸害惨痛离去。而我，一如初始从事着财税工作。人间多少事，沧桑风雨行。蓦然回首，弱弱地感叹，人生若只如初见，多好！

2018 年 8 月

认识蔡少尤

　　很早以前，我已是本土作家蔡少尤的读者了，我喜欢蔡少尤文字的赤诚和明心见性。因为喜欢他的文字，在我这里，我们算是相识了。不过，我没有刻意去认识他，尽管有相同的亲友增哥和姚总。我想，文字里相逢是最恰当的方式，尤其是像我这样自带清高的人。

　　有缘终会相遇，方式不设定。那一年，在大河水库，在《阳江侨报》举行的笔会上，我们相邻而坐，让我有机会见识他的秉性，印象并不甚美好。接着，在一家房地产公司的销售部我再次见到了他，后来得知那时他正从人生的高峰转入谷底，他为房地产公司的老板朋友策划文案、卖房，甚至看工地，也运用易经文化指导堪舆，做着大俗大雅的营生。那时见他手腕缠着一大串钥匙，不厌其烦地带我和朋友看房子，恰到好处地展示他娴熟的国学理论。当他递上名片给我的一刹那，我对眼前这位自称"作家"的个子不高的油腻男，并不是那么好感，当然还叠加了之前在大河笔会那次不愉悦的初印象。这种看法今天看来是多么肤浅和偏颇，是思想不成熟的表现，想来很是惭愧。

　　那次之后，我在省作协主办的文学杂志《作品》上，读到一篇名为《1987年的家》的散文，被作者那种大起大落的人生境遇，那种随遇而安、能伸能屈的人生态度，及那股透纸而出的文采折服。我一读再读，喜不掩卷，由此可见其文字的功夫和磁性，而该文章的作者正是蔡少尤，那位初见不咋地的"作家"。之后，又读到蔡少尤发表在《阳江日报》副刊的《风雨文笔塔》，那天同版也恰好刊载了我的散文小作《追寻祖先的故园》，让我再度见识老蔡文笔锐利，文字间有那么一种一见如故的魅力。

尔后，接二连三读到蔡少尤写与陈略老师的文缘往事，和远山近水的文友交往的赏心悦事，满纸烟火味，很有深度和广度，见人性，也见佛性，与当下一些宽泛苍白的散文诗滋味迥然。

后来的见面，后面的相识，是自然而然、水到渠成的事。在文人相聚的场合，我们大碗喝酒，大块啖肉，聊起之前陌路的遇见，聊起文学，聊起相识的和不认识的文人文友，聊起社会百态，居然很投缘，酒逢知己一般。我崇敬他，他也激励我，赞赏我对写作坚守的本性，还一再赞美我的乡土峨凰嶂下的灵山秀水、人杰地灵，那般真诚，那般美好。我深藏着这些对谈的内容，生活乏味之际，它们会浮现出来，转化为一股暖心坚实的情谊。

近些年，我们尽管见面次数少了，但仍然会时不时拨通对方的电话，问候一番，海聊一番，聊文学、谈世事、说人生，通常一两个钟头光阴流逝过去，直至挂了电话后，意犹未尽，烦恼自消。

昨天便重温一遍这般感受，通电话时，他说他在街边，一手扶着电动车，一边和我说话。我想象他那时的情景，深表歉意，说回去再说。他说没关系，聊开了不好收拾，便依然故我，又聊了那么久，话题转换自然，不拘一格。原本郁郁的心绪，一通高谈阔论后，豁然开朗。

今晚想着，朋友是什么呢？大概就是一起同行者，我们互相关注，互相珍爱，互相成全。在路上，不知不觉会和一些人亲近，而和另一些人开始觉得很好，慢慢渐行渐远。这些年来，认识世界多艰，我对那些拥有赤诚、忠直、无欺品质的朋友，心生敬重，长久相交。

我常常觉得，人生便是一次次恍然醒悟，原来如此，不过如此。会慢慢接受这个世界的好，也会慢慢接受这个世界的不好。会理解人的善良、温暖和包容，也会理解人的无奈、卑微和浅薄。

认识蔡少尤，认识蔡少尤的文字，便多一些深一些认识了文学的属性和文人之间的惺惺相惜。文学可以让人生高光时耀眼，更可以让灰暗时生光，让个人的精神高蹈，让思想趋向光明，这是文学的人文属性。

此刻，悠然想起本土另一位文学大家，已离去将 5 年的杨建国老师，想起和他的交往，情深缘浅的握腕，想起他的文学情怀和人生情性，深具人格魅力，能让无力者有力，鼓舞和团聚了众多本土文学爱好者。怀念他，敬仰他！

2021 年 5 月

仰望一朵云

一场雨，凉快了阳江鸳鸯湖畔的华邑酒店。云从穗来，一朵云飘然而至，从省城天河北的龙口西路。

多年来，一直景仰的这朵云，今天，却奇妙地飘落在我身旁。远观之，是在《广东地方税务》杂志上，读之，她的文章思想深邃，文采灿然，透彻着北方女汉子的落落大方，可见是一位个性鲜明的作家，顿时景仰。

后来，在网上，在书刊中，屡屡读到她的小说、散文、评论，愈读愈喜欢，尤其是她为本土作家蔡少尤老师写的书评和蔡少尤老师写她的文章，二者相得益彰，使人一读难忘，颇长见识，饶有风趣。

对这朵崇高的云，我一直保持着仰望的姿态。直到今年4月份，这朵云和我产生了一段文字缘，我的一篇小说《破窗而入》在岭南风2017年广东地税短篇小说征文中，侥幸获得一类作品奖。作为作品的评委，云老师在2018年第一期的《广东地方税务》杂志上，发表了评奖手记《最是那惊艳一瞥》。我4月份偶然翻阅到，才得知当时评奖过程的曲折，我那篇小作，本已是遗漏之作，被这朵云老师在复核复评环节中重新捞起，补评为一等奖的。在手记中，老师趣述了这一历程，还客观中肯地评论了我的小说，读来感人肺腑，深受激励。真是细之又察之的老师，公平负责的评委，不愧为我仰望和敬重！

这朵云，便是尊敬的艾云老师，国家一级作家，中国著名作家。崇敬的艾老师，从我对她遥远的景仰，到文字结缘，走了十年八年的路程。

今天，缘分使然，在阳江，在利庆伟先生《绿水源诗话》作品研讨会上，这朵云以平视的态度和我见面。一位穿着优雅、说话优雅、行事优雅的女作家，居然离我那么近，那么平易近人，可以俯下身子，和我面对面，或比邻而坐，谈文学，谈故人，谈世事，谈社会正能量，这是多么幸福的事啊！

感谢艾云老师对我文学创作的亲切鼓舞，从她的言谈中，我学会了许多，也收获了许多！

相处短暂，共进午餐的两个多小时，倏然流逝，我却感到永恒的文学关怀力量和缘分的美妙。

2018 年 12 月

夜读《始得西山宴游记》

柳宗元到永州后，遍游山水，写下众多游记，最著名的为"永州八记"。《始得西山宴游记》为"八记"第一篇，之前在海月老师的朋友圈读过，今夜重温《柳宗元文集》，借助名家评注，更觉山水之趣乐无穷也。

好一个"始"字了得。柳大神之前不知有西山，"以为凡是州之山水有异态者，皆我有也"。"望西山，始指异之。"初见惊讶，尔后游，始知西山天下妙境也，"然后知吾向之未始游"，才知道以前的游根本算不得游啊！

好一个"宴"字了得。一字便有宴饮游乐之意。柳宗元总是携酒壶游山水，"到则披草而坐，倾壶而醉。醉则更相枕而卧，卧而梦，意有所极，梦亦同趣，觉而起，起而归"。西山游亦然，"引觞满酌，颓然就醉，不知日之入。苍然暮色，自远而至，至无所见，而犹不欲归"，游兴所至，酒兴所至，游之乐，不只乎山水之趣，更在乎身心宴饮毕至，情寄山水，神寄山水，醉乎山水，如此妙境，与欧阳修《醉翁亭记》之"醉翁之意不在酒"有异曲同工之妙。

好一个"文"字了得。柳大神身心宴游之际，犹如暴风之后，必随骤雨倾江，电闪雷鸣，那是文情恣肆，笔力纵横，势若山洪暴发，洋溢着一种鲜活、激昂的情绪，读之极生趣，又极赏心，又抑扬顿挫。

仅此一篇，便足以让柳宗元山水游记彪炳后世，为其在文学史上打下半壁江山。

　　家乡也有西山，也"怪特"。独乏"施施而行，漫漫而游"者，更乏"到则披草而坐，倾壶而醉，醉则更相枕而卧，卧而梦，意有所极，梦亦同趣，觉而起，起而归"的神游者，尤乏"然后知吾向之未始游，游于是乎始，故为之文以志"之大家。

　　柳宗元，何以登临散文巅峰，挺进"唐宋八大家"之列？读此篇，始知名副其实，众望所归也。

2019 年 1 月

择居城北

2008 年冬，我惜别居住 10 年的春华苑，搬进城北新落成的家。这是一栋三层的普通楼房，简约的立面，寻常的布局，与邻家并无二致，我却深爱它，因为周遭的处境，东行百步曲径可通城东大道，西走两百米米接朝阳路，隔一片绿树成荫的乡村，就是漠阳江畔了。

慕城北，源于中学读过《邹忌讽齐王纳谏》，一句"城北徐公，齐国之美丽者也"，烂熟于心，想象中的城北方位，该是大雅之地。在小城工作生活数十年间，曾遍寻城区，为寻一方屋宅之地，买了又卖，卖了又买，三番四次，最终落脚城北，我想一切皆有定数。

20 世纪 90 年代末，曾住春华苑，高居 9 楼，在那时那里是一个令人向往的住宅区，坐落于春城镇府旧址，地处繁华闹市之侧，一街之隔便是彼时小城唯一的公园，毗邻全城最好的运动场、医院、市场，离单位也不过一箭之地。更让我怀念的是，这里见证了我的婚恋、孩子出世、工作升迁等诸多人生大事。晴日，我常登临 9 层天台，极目四野，览全城风光，望西北漠阳江宛若蛟龙，绕城而过流向东南，朝霞、夕阳之下，鱼王石若母子相偎江畔，婉约动人；南面旗岭葱郁毓秀，旧小区错落有致，那是 20 世纪 80 年代干部住宅区，遥想当年，何等令人羡慕；东观云凌秀气成采，紫气天生；西眺崆峒峰林挺拔、夕照辉煌。登高望远，吟咏左思"世胄蹑高位，英俊沉下僚。地势使之然，由来非一朝……"之诗句，确是一种飘然的心境，回首彼时正值办公室当文秘挥文弄墨，人生顺风扬帆年华，朝气勃发，梦骋良图，让我醉心不已。

可是，居春华苑一段时日后，厌恶之事也接踵而至。首先是爬步梯的苦累，下班、买菜回家，怀孕的妻腆着肚子一级一级往9楼爬，个中滋味难与人言；夜晚降临，楼底一间嘈杂的酒吧，重金属的钝响及酗酒者的打骂声让我夜不能寝，小儿常在夜梦中惊啼，夜未央，让人感觉楼层似乎摇摇欲坠；其次，居顶层须得忍受夏日高温波涛，无空调，夜烘热汗潜流，禁不住煎熬，常举家冲上楼顶，露宿至天明……咏叹春华苑，尽管有诸多喜爱你的缘由，亦有太多厌恶你的道理，经几年纠结，终于决心搬离这个爱恶交加之地。

于是，夫妻揣着积攒下来的一点点钱，开着那辆本田摩托在县城四处兜转，寻购屋地，从河西到河东，再到城南，看过一块一块的地，历经三年，茫然不知新居何在！直至2001年的一天，陪亲戚到城北相一宅地，80来方的样子，闹中取静，初见便心欢，暗暗替亲戚叫好。临交易时，亲戚却因资金难筹而放弃，最终，自然归属于我。

岁月不居，7年之后，平地起楼房，黛砖镶墙，南北坐向，飘阳台于右侧，阊纳东来紫气，门迎西淌冠溪；厅堂空明疏朗，居室雅气深藏，楼梯蜿蜒升展；置厨房于东厢，荷鲤玻璃隔开饭厅；客座摆楼下，书房设楼上，层层布卧室……布局与环境融于一体，人文共地理相得益彰。我想，这就是林语堂所谓的人居自然之道吧。

2008年，择良辰入伙，得亲朋来贺，备三牲酒礼，祈天地人和，置水酒佳肴，尽地主之庆。秋末冬初，在和煦的阳光下，在瑞祥的气氛中，满怀对新生活的喜悦，举家迈进城北新居。迁居于此，缘聚芳邻，方懂取舍，悟行善积德之道，持之以恒。

方圆五六里，与乡党、学友十数人为邻，其中有年届退休的老领导，有未到而立之年的医生，大多数的，与我一样，年纪相仿，职业各异，性格有别，随缘相遇，怡然自得，结伴人生城北居。

闲余，"卓荦观群书""附雅弄柔翰"，同阅古今典籍，从《诗经》到诸子百家，从《史记》到县志，从"三言""二拍"到《了凡四训》，从《菜根谭》到《曾国藩家书》，从《三字经》到《千字文》，从独石仔到松园楼……参悟朝代、家国兴衰之训、为人孝友之道、人为天意之内在、真善美假恶丑之善业恶果。夕阳西下时，漫步漠江滨；周末悠闲时，或"晤言一室之内"，清茶薄酌，坐而论道，或结伴骑行，访贫问困，义工助学。久之，乐见邻里门庭椿楦并茂、兰桂腾芳，纷呈老少相携、友孝双全、安居吉祥气象。

"结庐在人境，而无车马喧。"读陶渊明《饮酒》，茅塞顿开，原来居境即心境。又读庄子"大鹏南飞"之寓言，谓人生方向乃精神家乡。人生于何时何地，非由己定；而宅居、心境，可由我做主。

圣人云，心安之处是吾家。城北居家，于我，于家人，正是这样一个地方，可从容面对生活。

2008 年 12 月

我们，在一起

早晨，登楼台，瞧见那一枚默默艰难成长的柠檬果，青黄了，热烈的光照催促其成熟。

蓦然回首，记得柠檬花始发于寒冷的 1 月。初见是一枚小小的紫红的花蕾，在凛冽的环境中横空出世，令人惊叹，又让人怜爱。那时，树上结了唯一的一枚果实，是去年的果，跨年了，尚未收获。它陪伴了这枚小花蕾的出世，也见证了岁寒伊始的一场瘟疫的凌厉来袭。

这是一个悲喜交加的春天，有花开的喜悦，也有生命的悲恸，欢笑伴随泪雨。果熟蒂落本属自然现象，假如没有遇上一个肃杀的春天，不遇上瘟疫的侵袭，而遇上一名妙手圣医，那颗老果怎么会在旧历二月的最后一天，黯然离开一棵树的大家庭呢？叶子为之色变。

岁月是客观之物，可以时日量度，可时光呢，我以为是带了主观色彩的词汇，它的长短、快慢，与个体的生活息息关联，因人而异，应事而变。

春节仿佛还在昨天，寒假也仿佛是，我们紧张过，困惑过，但我们挺了过来。印刻在生命的时光机里的悲与欢，可以回放，可以快进，可以慢进，却无法抹去它的词句，和那些悲催的、奋进的内容。

眼下 7 月了，与《诗经》中的七月流火迥然不同，不妨改一字，七月如火。过两天便是大暑，按照古时节气，那是一年之中最热的时节，三伏酷热，与大寒天时，均属极端，世界怎知此偏激？

多久没上去看过这颗柠檬果了，其实，不是不看，是不忍看。

我在想，果实是天地人世间的精华，生在我家，长在我家，浇水除草，直至成熟，沾满人间烟火气，甚至欢喜悲忧情绪。它又是自然的，经风沐雨。因之，我们息息相关，我们在一起。

早晨，我亲近了这颗青柠檬，和它对话，与它交流，一同回首，哪怕不堪回首的过往，一起走过半年多难捱的日夜，花落，结果，成熟，譬如自然四季，人的一生。

一枚青果犹如一个毛头小子走向成熟，纵然风雨在前，也有足够的能量和信念去抵挡。我听见这枚柠檬果的自语，妥妥的。

2020 年 7 月

待在乡陌久了

我想去远方

远方在东，远方在西

远方在南，远方在北

心向往之，身登临之

Chapter 4　远 游 随 记

默默坚持拂晓前的奔跑

初秋，夕阳下读韩江

很早就耳闻潮州，听说过粤东状元林大钦、宋朝驸马许珏，更有韩愈"江山易姓"的许多传奇故事。

这是个风生水起的地方。一位潮州的诗人朋友曾向我推崇过开元寺、湘子桥、韩文公祠、状元街、驸马府，这一个个名胜听起来就大有来头，引我遐思。

10年前一个初秋之晨，我匆匆赶上开往粤东的广梅汕列车，去潮州看看韩山韩江。

先到汕头再到潮州。时近午后4时，秋阳夕照。初识潮城，发现与众不同的是人力三轮车多，鱼贯出入于大街小巷。潮州是一座不大的城市，古迹名胜遍布城内，坐这种交通工具在城中漫步，到巷陌寻幽，是最惬意不过了。

一时间，我不知该从何处起步。想了想，问了问人力车夫，还是先看名字熟络的国家重点文物保护单位开元寺吧，它让我想起唐朝的开元盛世。

简易的人力三轮车晃悠着带我去开元路。我惊讶地发现，潮州开元寺居然坐落于闹市中！天下名寺多隐山林，以修身养性，而眼前这座唐开元年间敕建的古寺居闹市已有1260多年了，依然固守红尘中的一片净土。正如佛家偈语所言："胸中苦练山林气，何妨门前车马喧。"

斜阳下，驻足寺门前，赵朴初题写的"开元寺"三个大字金光闪烁。

我仰望片刻，踏入寺门，巨匾高悬"渡一切苦厄"，这是佛界普救苍生的崇高境界。

信步禅院内，眼界开阔，这座于潮汕平原崛起的千年寺庙，规模不大，四合院式的古建筑代表了潮州最高的建筑艺术。尽管这里有许多国宝级文物，但不足一小时就可走遍。我无缘见到寺内珍藏的乾隆钦赐的雍正版的《大藏经》，也没有特别在意那些珍贵的佛像艺术，挥之不去的是萌发于心的思索：开元寺缘何名垂古今、名扬天下？佛家宣偈"渡一切苦厄"，可苦厄为何总伴随着漫漫的人类历史呢？

从开元寺出来，徘徊于门前，空气中弥漫着韩愈的气息，却不知韩文公祠在哪？不少人力三轮车泊在寺外候客，一位 50 开外皮肤黝黑的大嫂上前问我："要游景点吗？坐我的车吧。"我看天色不早，便问瞻韩文公祠可否赶得及，她说文公祠在江东，30 来分钟的路，她家就住那边，快点走赶得了。

坐上这位妇女的人力车，从中心区匆匆赶往江东。沿路穿过古城，幽深的巷陌就像古诗歌的长短句，错落有致，纵横有序。两旁是岭南特色的古骑楼店铺，经营着土特产，尤以潮州牛肉干和一些土药材居多，商家的生意相当红火，想象得出历史上这里曾是如何的繁华。

出东城门，东风徐来，眼前豁然开阔，宽阔壮观的韩江奔眼而来，对岸一列若笔架起伏的山正是韩山，气势不凡！

此刻，挥汗如雨的车夫变得活跃起来，边走边为我当起导游来。从她口中得知其是海南人，10 多年前随夫回潮，一直在这个城市做着这行，渐渐爱上了这里的风土人情。她自豪地介绍起眼前韩江上中国四大古桥之一、国家重点文物保护单位潮州湘子桥，讲述"十八艘船廿四洲两铁牛"和仙人韩湘子与广济和尚合力建桥的传奇故事。我抚摸着河畔静卧的巨大石板，信之！在夕阳余晖下，残缺的古桥更显沧桑雄奇，我想象着古时 18 艘船成一线长龙卧波的壮景。

沿韩江与城墙间宽阔的走廊，人力车带我走过横跨两岸的壮观的韩江大桥。站在高高的桥面四顾，让我再一次惊叹潮州的古朴绚丽，山水辉映！韩江壮观灵动，像臂弯护抱着古城，玄武石铺砌的两岸滨江长廊，与韩江配衬，相得益彰，江畔绿荫古树与抢眼的凤凰树掩映，点缀古城如画；眺望江南小洲，是传说中迷离的凤凰时雨处，凤凰塔屹立江畔，久经沧桑；蜿蜒起伏的笔架韩山恰似江东一道屏障，乃人文潮州不可或缺的山势……走在桥上，我与熙熙攘攘的行人擦肩而过，或许他们不知道我行色匆匆只是为了赶着看文公祠。

过大桥沿江滨北走，终于到了韩文公祠所在笔架山麓。仰望笔架山，只见其巍峨耸立，韩文公祠雄踞笔架峰下。

独自登上陡峭的台阶，到达半山弦月形平台，台上一座青灰色的回柱石牌坊，坊上"韩文公祠"四字十分醒目。凭台远眺，韩江绕城而流，古城青灰色骑楼鳞次栉比，连成偌大的一片，令人心驰神往。

夕照韩山，文公祠景区的工作人员已关门将下班了，见我独自远道而来瞻韩公，深为感动，特为我重开一道右门，让我得以拜谒一代文宗！

徜徉在牌坊后的百米碑廊，廊里勒石镌刻了古今名家留题的 400 多幅墨宝，颂扬着文公彪炳千秋的文功与政声。

沿着笔直的大理石阶道，我一口气爬上山腰静肃的韩文公祠，祠前有苍翠橡树，据说为韩愈手植。整座笔架山幽深寂静，为我独享，使我更专注于对他的崇敬、对他的追思。

我满怀敬意跨进文公祠，正堂端坐着韩愈的"官像"，儒雅端庄，堂前对联：万古江山留姓氏，千秋俎豆荐馨香。在我心目中，他不是一位刺史，一位屡屡受贬的官员，而是位居"唐宋八大家"之首的文人，正如祠堂上匾额所誉的"百代文宗"，其文光照耀千秋。祠里围绕文公像的，是一座座古碑。细读得知，原韩祠始建于公元 999 年宋真宗年间，由潮州通判陈尧佐于金山麓夫子庙东厢辟建韩吏部祠；1189 年南宋知军州事丁允元以韩公常游于笔架山并于此手植橡木之故，将城南的韩文公祠迁于今址。潮州人崇尚韩愈，将"韩祠橡木"评为潮州八景之一。

天色渐暗，我仍肃立于韩公像前，不欲离去，心中祈求文宗赐给我一点点文气，让我在提笔时，不至于捉襟见肘。

居韩祠之上的是侍郎阁，翘檐欲飞，气势雄伟，沿两旁的斜径可登及。

韩愈做过刑部侍郎，后潮人为纪念他，在山上修此阁，为整座韩文公祠建筑最高处。阁下的墙壁上铭刻着"吾潮宗师"，为潮籍国学大师饶宗颐书。潮人尊称韩愈为宗师，我肃然起敬。

登临侍郎阁，笔架峰伸手可及，夕阳欲坠西山，引我思索：当年英姿勃发的侍郎安在？唐宪宗年间，韩愈为谏迎佛骨，遭贬潮州，这是他一生中最落魄的政治挫折，但他并未沉沦，主潮8个月就为百姓办了不少好事，德政流传万世。首先，祭鳄除害。据《旧唐书·韩愈传》载"郡西湫水有鳄鱼……食民畜产将尽"，鳄鱼之害肆虐。韩愈到任后，断然发起"受人驯物，施治化於八千里外"的祭鳄行动，写下了那篇著名的《祭鳄鱼文》，并动员驱鳄能手合歼江鳄，终使恶鳄"南徙"，为民除害。其次，兴潮学功不可没。他将刺潮8月所得俸禄悉数捐修书院，开了兴学先河。更重要的是，他大胆起用当地人才，荐穷居僻处的俊彦赵德主持州学，影响深远，后世遂出状元、驸马、进士，文风盛行，潮州终被北宋宰相陈尧佐誉为"海滨邹鲁"。他还兴修水利，奖劝农桑，在风雨失调、农桑失收之年，敢于为民请命，两度祭天求雨，其赤心日月可鉴。释放奴婢是他载入史册的又一功德，他在潮主政时，勇于易陋俗，释放奴婢731人，为当时潮州的和谐社会做出了积极贡献。

韩愈治潮德政，潮人对他崇敬有加，将"江山易姓"，恶溪改称韩江，笔架山易名韩山……足见其对潮州影响。清康熙年间两广总督吴兴祚赋诗赞曰："文章随化起，烟瘴几时开；不有韩夫子，人心尚草莱！"归途，那位蹬三轮车的淳朴妇女动情地说，现在潮人很怀念韩愈，赞他"为官潮州八个月，好事做了一箩筐"。

时人重利而轻义，呜呼！略感欣慰的是，在商贾遍地的潮汕，崇韩之风依旧。君不见，往事越千年，潮州老百姓仍在津津乐道韩愈的故事。

2015 年 8 月

雨夜谒南华

　　早春二月，偕友千里奔南雄珠玑巷寻祖居。归途近黄昏，从京珠高速返广州路上，春雨潇潇，雾霭茫茫，不见南岭翠色，唯望昏暗车灯与密密雨丝斜织，春愁儿许上心头。

　　车入曲江曹溪境，雨忽然下得大了起来，一洗沿路的迷惘烟雾。窗外，树木葱茏，意境深邃，恍惚间传来杳杳之语：此境乃禅宗祖庭南华寺所在。

　　天语点醒梦中人！我们虽首次做客粤北，却对这座岭南名寺神往已久。是源于对六祖的敬仰，源于瞻仰新兴国恩寺的迷茫：六祖明明圆寂于新兴，缘何真身却在千里之外的韶关南华寺？

　　昏黄的灯光下，南华古寺黄墙绿瓦，禅门肃穆。一群卖香的妇女将我们围住。造访禅宗祖庭，岂可无香？卖香的吆喝声，夹杂在不歇的雨中，分明让人想到这是俗世，而禅门清静之境就在一墙之隔，数步之遥。

　　寺门早已紧闭。我心想，虔诚专注，禅门自然开。得高人指点，我们从侧门入得寺去。踏进这片清宁之地，心绪竟神奇般渐渐平静下来，让我们惊喜不已。回想此前粤北之行，一路坎坷，我们遭遇了驾车故障抛锚、拖车、修车诸多不顺，心中曾郁闷难遣。

　　雨色茫茫，青灯破夜，不时有心诚若我者夜谒佛门。跟随一卖香妇的脚步，沐雨夜行在偌大的寺院中，观瞻到这座名寺的建筑格局：殿宇依山而建，天王殿、大雄宝殿、藏经阁、六祖殿次第而上，雄浑壮观，古朴典雅；两厢回廊并拥，与中间的殿宇建筑浑然一体。殿前菩提婆娑，寺后古木参天；又有九龙泉，数里飘香。在香烟袅袅、木鱼声声的寺院穿行，秉香一路拜过大小罗汉佛像，终于进入六祖殿。有幸伏瞻六祖慧能的涂漆真身，他身穿黄袍外披袈裟，闭目趺坐，状极安详。我伏身毕敬拜谒。谒毕，心仿佛被洗涤，仿若融入有灵性的山林中，参品到六祖"菩提本无树，明镜亦非台；本来无一物，何处惹尘埃"之境域，妙不可言。后想，我等俗人，平日事务缠身，案牍劳形，能偷得浮生余闲，进山门，入净地，神往之事也。

默默躬行，走过回廊，见各房舍灯火通明，有法号诵经声传出。循声而行，缓步进房舍，只见里设一坛，一老禅师身穿袈裟，饰若三藏，合掌坐禅；左右伴随三五禅师，手捧经书，口念禅经；一众信者虔虔肃立，多备香火果品供奉。静观一阵，我们轻步转身而出，与一带眼镜的年轻禅者擦肩而过，遂冒昧相问，答曰：为善众做法事也。禅寺之夜，竟有这般喧闹场景，真为禅宗祖庭。

出回廊，径走数十步，又见另一场景：一房舍门户敞开，灯光雪亮，房里坐着一屋年轻禅师，夜读禅经，一丝不苟。其勤奋与执着感染了我们，怕惊扰他们，我们趋步而过。后从资料上获悉，此乃南华寺曹溪佛教学院，有来自各地的青年求禅者前来修禅。此房舍隔壁是一间展览室，门洞大开，似乎不设防，乃正衣行入，见内陈列着南华寺相关书籍史料，粗略浏览，摸索到南华寺的渊源脉络：

南北朝时，印度高僧智乐三藏游经曹溪，四顾群山，见峰峦灵秀，溪流清澈，"掬水饮之，香味异常"，乃点化在此地建禅寺。后梁武帝赐名"宝林寺"，宋太宗敕赐"南华禅寺"。六祖慧能法师在此创立禅宗，相传北魏时达摩从印度来到中国，得一禅法，传至弘忍时分成南北二系，神秀在北方传法，曾一度受到皇上恩宠；慧能在南方传法，地位远不及北宗。自唐朝发生"安史之乱"后，慧能率弟子广集善款，支援后来做了皇帝的唐肃宗平定动乱，遂得朝廷新宠，取得了禅宗正统地位。毛泽东很欣赏禅宗六祖，认为"慧能是真正的中国佛教的始祖"。唐开元年间，慧能大师圆寂于新州国恩寺。广州法寺、韶关宝林寺（即南华寺）、新州国恩寺均欲迎六祖真身，一时无从定所，众人乃焚香祷告："香烟所指之处，即是大师所归之地。"但见香烟直贯粤北曹溪方向，遂按注定迎六祖真身回宝林寺供奉。现南华寺珍藏六祖真身、各代圣旨、御制金丝千佛袈裟、清代《大藏金》等国家一级文物 300 余件。

沐春雨，从曲径走侧门出山寺，听曹溪淙淙，心旷神怡。

想六祖"菩提本无树，明镜亦非台；本来无一物，何处惹尘埃"的禅道高巍，世人难攀；而其师兄神秀"身是菩提树，心如明镜台；时时勤拂拭，勿使惹尘埃"之道，层次虽未及六祖，却似乎更接地气，非空非玄，融合着唯物与唯心思想，以"时时勤拂拭"修俗心，应对红尘万品纷扰，得过平常生活，更遂苍生之愿。

2006 年 2 月

追寻祖先的故园

在岭南，代代相传的族谱、宗风、祖训，使我们永远无法忘却一个依稀而亲近的名字——珠玑巷，这是众多广东人祖先的精神故园。

身为岭南人，没有哪一方水土能如此令人魂牵梦萦，生发浓淳的乡情！我们从哪里来？上了年纪的人，或贫寒或贵富，都会念叨着"珠玑巷"的名字。

孩提时的夜晚，在老家祖居的老杨桃树下，祖辈们常会讲述我们的先祖从福建来，从珠玑巷来的故事。只是一直未知珠玑在哪，离老家有多遥远。20多年来形成的这种心结，是一种无法解读的情愫，萦绕于心间。

清明前夕，梅雨淅沥，正是念祖追远的时分，我踏上了粤北南雄寻访旧基的路途。

飞花生树，百鸟穿林，最是迎客的时节，早有挚友在南雄接程。走马雄州城，独特的历史沧桑感和厚重的人文气息扑面而来。驱车绕过古城的浈江边，河水从古桥底下缓缓流过，许多古民居错落于高楼群中，千年的三影塔在烟雨笼罩之下愈显其古色苍茫。当一切从眼前掠过时，我油然忆起林广志著的《可爱的南雄》中描述的情景，莫名其妙地生出一种回到故居的感觉。是什么魅力使我喜爱了这个平生从未涉足过的地方？！

从县城往北，沿一条弯曲的小路走 9 公里，便到了千年历史的珠玑巷了，若再往北走 17 公里，便是祖籍韶关的唐代贤相张九龄主持修筑的梅关古道了。

一脚踏在珠玑这块梦里依稀的故土，意境中仿佛到过这里！可我何曾到过啊！

古褐色的南牌坊矗立于珠玑巷前广阔空旷的原野上，简朴凝重，牌坊上"珠玑古巷"4个大字赫然入目，入牌坊就到了那条繁衍了数千万广府人后裔的先民旧基珠玑古巷。

来到南门下，南门是一个圆拱形小城门，为青砖砌造，旁嵌小石碑，上书"祖宗故居"，门旁有元代宝心石塔，造型奇特，这是广东现存元代石塔中唯一有确凿年代可考的石塔。我抚摸着古城门的砖头，凝视着门楼上依稀的文字，恍惚穿越千年，走进我祖我宗生息之地，走进祖先精神的故园！

珠玑是一条鹅卵石铺砌的古巷道，宽不足四五米，长不过300米，南北向穿巷而过，巷两旁，是一间间相互倚连的泥砖瓦房，低矮旧陋，房前的门楣上悬挂着"某姓祖屋"或"某氏祠堂"的门额。这就是我们祖先居住过的地方，每一位珠玑后人到此，都会身不由己在本姓祖屋前驻足，遥想当年祖先生活的光景，1000多年过去了，物是人非，唏嘘世事！南门入左边一间就是本姓的老祖居，走进去，有如走进了我家的感觉，几位老人热情招呼，互以本姓流传的祖训诗句作为见面礼，简单而又庄重，然后率真地脱去鞋袜，验证了我们最后一脚趾"重甲"——珠玑人世代天成的特殊印记！我们似曾相识，会心而笑。是啊，我们都是珠玑后人，从福建来，从中原来，同属炎黄子孙啊！

走在这条沉浮着历史的古巷，不时见檐前屋下三五而聚的淳朴老人，悠然自乐，还有精明的小贩，与珠玑的古朴不相协调。他们世代生息于斯，音容面貌却抹不去北方先民的韵味，底蕴也比我们厚实得多。我饶有兴致地数着"张姓祖居""李姓祖居"……这条不足200多米长的旧巷道，竟聚居了20多个姓氏！一间间普通的先民旧居啊，或许还住着后人，或许人去屋空，却无不凝聚着一个姓氏一部家族史的辛酸！回首往昔，这里的许多姓氏，历史上或出过达官贵人，或巨商豪贾，就算不是朝廷重臣，也有地方乡绅，作为一个家族的荣耀，总会以族谱这种形式记载流传下来，供后世回味。一个姓氏，从人单力薄过千山万水历艰难险阻到古称南蛮之地的岭南流落定居，到氏族的逐步壮大、鼎盛，先民们用血汗写成了一部部家族史，上面都有着跌宕起伏的传奇。而据史载，历史上南迁到珠玑的先民共有 140 多个姓。

遗憾的是，此次寻访仅是浮光掠影，难以更深广地考察各姓氏详尽的南迁史实，追溯得更远。但从这些民居及珠玑的史料中，隐约可知各姓氏的祖先及后人各异的命运，当年各姓先民抵此定居时，逃迁的命运并无二致，可数百年后，由于家族的祖训、后世的经营、命运的造化，状况却大相径庭，在广府的历史大舞台中演出各自不同的角色。从各姓氏祠堂的容貌及变迁可证实这点。某些姓氏的祠堂仍偏安于古巷一隅，任风吹日晒，门前冷落；而许多姓氏的祠堂已被后人荣迁出巷外，大兴土木重建，富丽堂皇，后裔瞻仰者络绎不绝，门庭若市。这就是珠玑巷，其中演绎多少传奇，多少历史教训为后人所鉴啊！

北出古巷，东北面有一弦月池塘与珠玑巷相嵌，这与中国传统的北方风水布局相一致。塘之东，有古桥连接古村落，即珠玑所在的沙水村，桥边有千年古榕树，见证了珠玑的千年沧桑。往西北部，是一片开阔地，珠玑各姓后裔在此重建他们的宗祠，建筑风格各异，装饰布局不同，有的大姓望族的宗祠几进数间，内设天井，镀金门槛生辉，庄严华表耸立，后有阔大花园，尽显尊贵显赫；有的格调较低，与岭南的一般宗祠别无两样；有的仍在筹建中。寻根问祖是中国宗族文化的核心，而宗祠文化是其中的重要部分，因而发达了的子孙或会衣锦还乡，或出力或捐款为祖族修宗祠，一可示其忠孝，二可在世辈中获取威望和成就感。因此，一个宗祠的修建情况，往往反映出该宗族的兴衰及后裔的繁衍和发展现状。

在本姓大宗祠前驻足，只见一座典型的恢宏古祠建筑，前有华表，后有花园，彰显盛大气象。"江夏源北国，万石肇南雄"，我用心念着宗祠大门上的对联，感受着本姓的根深源远。受宗族文化的影响，我有意于考察祖先的家史，数位仁慈的族中老人接待了我们，一位华发老人引领我们进祠堂里，乐力解说，至中堂，在江夏堂前拜宗认祖，再到两厢的家史展览室寻索族谱及先祖贤人的史迹，追溯黄姓的源流，知黄氏始于轩辕黄帝，演变之次序为：姓源—东夷—黄夷—黄人—黄国—黄氏—黄姓。历世事沧桑，宋末元初时期战乱，祖先由河南大规模迁徙至闽粤。之后，先祖北宋状元黄居正公由闽迁粤南雄珠玑巷，此后珠玑巷作为入粤旧基，族裔分迁到岭南各地，遍及全世界。在盛大的《江夏堂黄氏族谱》前，缅怀先祖，那种生生不息的寻根意识，溢于言表，化为强烈的认同和归依感。身为炎黄子孙，我为祖先勤劳勇敢、英才辈出而自豪。此外，我还粗略考察了"江夏堂"的渊源，考证了流传于世的黄氏祖训诗句，摘记了黄氏族规、世系、先贤和民俗。行程虽短促，却令我欣慰，丰富厚重的姓族家史，不正是整个中华民族的历史的缩影吗？

"长亭去路是珠玑，沙水村前乃旧基。"遥忆先人的诗篇，回首巷陌村树，感恩木本水源，好想在这寻常巷陌再住上几晚，与村中的老人彻夜聊谈，聆听先祖艰难南迁的逸事，感受生活在路上的哲理，铭记慎终追远的古训。

2005 年 2 月

读端州

立秋过后，台风接二连三造访，数日又数日，风狂雨虐，让人郁闷。"天鸽"飞走，"帕卡"君临前，我们一家在风雨中做客端州。

今日肇庆，古称端州，是一座城，也是一部书。于我，遥远又亲近，深刻又肤浅。无数次途经，或停留过，像风过草坡，无声留痕。

青年读书时代，假期往返省城，肇庆是中点。每次乘坐汽车经过西江大桥时，均可见壮阔的西江，震撼视野；穿过城中曲折的街道，人生初见的繁华，是肇庆城高楼下的百货公司和气贯长虹的商业招牌。

读书期间，我曾两度涉足这座城市。第一次是班组织的肇庆渡轮之旅。晚上从广州大沙头上船，溯珠江而上，次日天蒙蒙，抵达西江畔的肇庆码头。一名见识浅薄的学生，躺在客船的大平铺上，见到珠江两岸工商业的兴盛、霓虹闪烁的广告牌，一夜兴奋不已，出口皆"富庶的珠江三角洲"或"潮涌珠江""情满珠江"之类新潮的词汇，流露出一名粤西学子对发达地区的好奇与羡慕。汽车带我们到了七星岩牌坊，同学们陶醉在湖光山色之中。下午游鼎湖山，徒步穿行在中学地理书本上读到的亚热带原始森林、联合国"人与自然保护圈"，新奇和喜悦叠加，留下了一幅幅欢欣的照片和难忘的记忆。另一次是伤感之行。那是一个周末，我到了北山下的师专，在华灯初上的城市，等一个相约的人，却饱尝少年维特的烦恼，和"没有你之后"的忧伤。次日早晨，我登车离开端州古城，回首一瞥，把满怀失落留在了惨淡的场景。在我的主观意念中，因爱不得一人而爱不得一城。

之后，多次到过肇庆，或集体培训，或和家人，或和朋友，皆如风过竹篱，蜻蜓点水，无声无痕，唯让自己多了一次又一次的"到此一游"的经历。

直至最近这一年，老领导清风先生到肇庆工作，在不长的工作期间，连作诗歌 19 首，几乎将端州历史人文名胜吟遍，我拜读后颇长见识，却惭愧满怀。

今年暑期末，台风"天鸽"远走，"帕卡"来临的间隙，我携家人重游端州，一来放逐禁闭许久的"宅"心，二来受了清风诗句的指引。饱览滟滟浓淡的湖光秀色，重点是走读宋城，为自己和家人补上端州内涵厚重的历史课。

夕阳将沉，霞光满天，古城笼罩在悲壮的辉煌下。身披晚霞，漫步城头，在披云楼下，仰望"凌表南来第一州"，思绪穿越大宋。这是宋徽宗的属地，徽宗登基赐名"开始带来吉庆的地方"。历史向前推几十年至 200 年，可听闻端砚和包拯不持一砚归的传说，可见岭南第一状元莫宣卿惊艳出世。当历史的偶然和必然事件在此重逢时，可赋予"人杰地灵"。因之，中国历史文化名城称号实至名归。

乌金西沉，再次回首披云楼，檐角高踞，前揽西江，后枕北山，气势冲天，云霞披之，壮哉雄哉！伫立城头，暗暗敬佩当年筑城的郡守郑敦义称之为大气磅礴的"披云楼"，也为通判黄公度赋以妙诗"飞楼跨危堞，云霞晓披之"而击节。

记起多年前，在广东 DS 学习网张贴散文时，有肇庆的同行从我的笔名中推测我是肇庆人，让我情何以堪！又何其有幸！在别人的印象中，自己和一座城关联。

2018 年 8 月

见台不登台

五台，一直在心中，不论见与不见。

秋末冬初，一天午后，在冀晋高速奔跑了 4 个多小时。从太行山深处的阜平出发，穿越巍巍太行山。

太行山脉东面是河北，西侧是山西。能以太行山为省界，确实为许多人称奇。

在河北看秋冬时节的太行山，铮铮铁骨，怪石嶙峋，冷峻伟岸，不见村庄，不长树木庄稼，天空一片灰蒙，能见度低，或许是以煤炭为能源的重工业污染所赐，眼前一派肃杀。

横跨太行，抵山西五台境，天色一派澄明，土质的山岭连绵起伏，树木满眼，村庄多见，生机盎然，心境豁然开朗。

暮色苍茫时，撞入五台山景区，传说其纵横 500 里，在暗黑中愈显中国四大佛教名山之首之诡秘，一座座村庄在疾驰的车中掠过，白桦树一片片呈现在河滩，夜色下如 X 光穿透之物。

导游说，我们进入了五台山中心区。在迷惘中我们被拉到一条山沟，带到一间院落民宿，进入无暖气无洗身设施的简陋房间，在瑟瑟发抖中，和衣度过了零度气温的冬夜。

次日清晨，晓月在望，我们步入五台山大白塔周遭的寺院群中，拜谒了传说中神乎其神的五爷庙。信众如云，烟火缥缈，群鸠翻飞，是想象中神秘的境地。

夜气生寒，早晨听闻五台台顶冰雪覆顶，禁游人徒步登台，只能乘景区的专车登之。欲购票，却被告知，不售登单台的车票，只售五台连登的套车票，有伙伴拒登，罢。

在寒曦中，我们草草登上黛螺顶，1088 级，陡壁凌霄，气喘吁吁，再晕晕乎遥望四台，台境平平，又白雪覆盖，非向往之境地。而山下千寺百庙，煌煌大观，神秘之所在也。

返回，导游引我等观瞻传说中的清顺治帝出家之寺庙——镇海寺。心奇见不奇，出。

归心似箭，11 时，进一家食馆，饱餐一顿山西风味，悄然离台。

一个意象萌生——见台不登台，胸有丘壑在。

2017 年 11 月

静听盐生长的声音

抵达中国的"天空之镜"——茶卡盐湖，置身祖国最大的内陆盆地53万平方公里的塔里木盆地，感受渺若微尘、偶遇世界的奇妙，夜里聆听满世界盐粒生长的声音，啧啧响动，媲美天籁。

在天宇澄澈的7月，你穿着鞋套，在随处可见的盐堆湖岸，小心翼翼地走向湖心，每一步，都仿佛是阿姆斯特朗踏在月球的那一步，迈向不可预知的未来。

湖心的底面是平铺的盐粒，粗粝无比。弯下腰，随手抓起一把，扬向如镜般明净的空中，一会重落湖水，入水的声音嗖嗖锐响，像子弹击水般痛快。

我把随身带的一个矿泉水瓶里的水倒掉，再弯下腰，亲手将一颗一颗小指大小的碎冰般的盐粒捞起，装进瓶子，不消一刻钟，一瓶晶莹的盐粒呈现于我眼前，让人为陌生之境与人发生的关联而感到奇妙。

我会把这些亿万年前在遥远秘境生长的大自然精灵带回家，不时观察它们，回首它们的来路，在每一个静寂的夜，静静聆听盐粒生长的声音，仿佛千万年前的事物，生生不息，秘而不宣地存在着。

2017 年 7 月

青史凭谁定错对

两次青海行，皆没忘追念一位历史人物，感怀一段惊叹后人的历史。

认识年羹尧这位威武过人的清朝大将军，始于当年追剧《雍正王朝》时，当时便对其印象深刻。在那之前，对清史读之不多、不深，是个人浅陋、狭隘的历史观之缘故。此后，从《雍正王朝》《康熙大帝》等热播的电视剧中，在黄仁宇的《中国大历史》的历史归纳法引导下，思想从主观走向客观，重新认识了康乾盛世的辉煌，认识了顺康雍乾四帝在中国历史上的作为，其正面的积极的历史作用，不可磨灭。

第一次过门源，走马而过，那是游览祁连山大草原的途中。那时，油菜花没开，我了解到此地为年羹尧屯兵打仗之所在，在倥偬旅程中，一段历史闪过眼前。

第二次过门源，走马观花，60万亩的油菜花观赏区，蔚为壮观。更重要的是，此地作为一个古现场，一个历史人物曾在此熠熠生辉。清朝炙手可热的权势将军年羹尧，在此平定了以罗布藏丹津为首的青海叛乱之后，清政府将青海牢牢地纳入了中央控制的版图。徜徉在无边无际的花海中，我重温了年将军当年平叛征战的历史场景，鼓角马啸声远去，古战场为眼前的繁花粉饰，显得平静而安宁。

读青海史志可知，成为人皇不久的雍正帝，将功绩累累的年大将军捧为人臣之极。此后就传出了年大将军"功高震主""不可一世"的系列论调。终于在雍正四年，历史似乎在开玩笑，又几乎在重演喜悲剧，那位将年羹尧捧上天的雍正皇帝龙颜大怒，以92项大罪降旨"自尽，免诛九族"。悲乎!

风景旧曾谙。大美青海，湖水变幻无常，油菜花花盛花谢。而历史上发生在这片偏荒的高原的人和事，变幻无常，功过交替，徒为后人兴叹。

2017 年 7 月

神圣的塔尔寺

从文化大观的角度出发，我略知佛文化，包含藏传佛教文化。

塔尔寺，西北一寺庙，巍然屹立，在国人旅行的版图之中。

两次瞻仰塔尔寺，也因旅行，对藏传佛教文化认识愈加深刻。

在湟中的莲花山的一沟两面坡上，坐落着一片连绵纵横的庙宇建筑，淡墙、黛瓦、白塔、金顶，低矮而崇高。只源于一位佛教大家、一位高人——宗喀巴大师，藏传佛教格鲁派的开创者，以他的脐带滴血处长出的一棵旃檀树为核心建筑，先建塔，后建寺，称塔尔寺。因之产生种种不可言喻的传奇，构成塔尔寺佛魅力文化之源。

我从一座寺踏入另一座寺，仰望金碧辉煌、翘角飞檐的庙宇，欣赏酥油花、经书、佛像、圣物。以巨金铸就的令人叹为观止的大金塔，灵巧通幽，令人肃然敬畏！

佛光闪闪。之前，高古的佛寺，迎来数不尽数的过客，有知名人物，有教徒，也有无尽的和我一样的观光客。几乎历世的达赖与喇嘛，都曾在塔尔寺进行过宗教活动。大金瓦殿正中有乾隆御书"梵教法幢"，也有戴传贤敬书的金匾"护国保民"，还有黄氏兄弟题写的蓝底金字匾"佛日重旭"。这一切，历经年深日久的洗礼，却与法寺的万世名传，相得益彰。

观热闹者，过眼云烟。我追随国内一家闻名的旅行社的大导游的脚步，静静聆听一部藏传史诗般的传说。

其中的一段，深深震撼我的灵魂，那名导游说，没有宗喀巴大师，就没有达赖，没有班禅，更没有雍和宫，没有五台山，也没有四川诸多名声响彻海内外的佛寺，没有俄罗斯等国香火鼎盛的藏传佛寺。

那名导游说佛教史上产生过两位最伟大的佛祖，一位是家喻户晓的释迦牟尼，另一位就是你我有缘见识的宗喀巴大师！

所见所闻，所思所悟，不枉两度行，神圣的塔尔寺。

2017 年 7 月

在陕西品尝羊肉泡馍

多年前，在《羊城晚报》副刊读到一篇关于陕西美食羊肉泡馍的游记散文，作者笔下生香，引得我垂涎三尺。因慕名一道菜而向往陕西，那时的想法纯真而朴素。

2005年仲夏，有机会踏足三秦大地，我感到抑制不住的兴奋，还是奔着那道美味的念想。那天在中华五千年文明发祥地的黄陵县，我们拜谒过中华民族的人文始祖黄帝的陵园后，已到午饭时间了，于是我们就近在黄帝陵桥山下的一间小饭店进餐。

餐是平常的旅游餐，胜在陕西的服务员姑娘笑容可掬，热情可亲，让我们有客至如归之感。谈笑风生的用餐过程中，我不经意间提到了羊肉泡馍，那位可爱的姑娘笑着问我们是否想品尝一下，大家纷纷附和。姑娘一溜烟跑了出去，约半个时辰后，捧回了一大碗热气腾腾的羊肉泡馍，她说，这是当地正宗的，她跑了老远，在一家老字号买来的，让大家品尝下。感动中，我们要给她小费，姑娘羞涩地谢绝了我们的好意。

那姑娘站在桌边说，看这馍馍，用了当地上好的面食，羊肉火候恰到好处，肉汤色调宜人，配上当地出产的辣椒酱，色香味俱全，你们有福了！邻桌的几名旅伴闻到了，纷纷围拢过来，分甘同味，大家争先恐后，先尝为快，众乐乐抢食的氛围，更津津有味。

在吃喝声中，其他旅伴也移步过来，可惜太迟，只剩下汤水，欲食不得，他们快快离去。我信口说，羊肉泡馍的汤水是宝，大家不要走。于是大家又拿起勺，盛在碗里，拌了辣椒酱，呼噜噜喝个光。

我们的行程紧凑，刚吃饱又要出发了。直至行程结束，大家再也没有一同吃上羊肉泡馍。一些同伴以为憾。同道中人同游，独乐乐何如众乐乐。

2005 年 8 月